文芸社セレクション

弱虫勇者の御伽噺

黒江　うさぎ
KUROE Usagi

文芸社

さぁみんな、座って。これからご本を読みますよ。
わーいっ！
今日はなんの本を読んでくれるのー？
前に少しだけお話しした、とある勇者のお話です。
やったーっ！
私あのお話大好きーっ！
早く読んでっ！　早く読んでっ！
それでは…こほん。
…これは、ある勇者の御伽噺。
臆病で、怖がりで、泣き虫で、弱虫で…でも、そんな彼だからこそ出来た、
…世界を救い、世界を変えた、ある勇者の御伽噺の、始まり、始まり。
♪

かつてこの星には、二つの世界がありました。

一つは、人間達の住む世界、人間界。

もう一つは、魔物達の住む世界、魔界。

二つの世界は同じ星にありながら、お互いに干渉する事なく…まるで、相手の世界が存在しないかの様に振る舞っていました。

そんなある時、突如として、魔界は人間界に侵攻してきたのです。

魔物達は人々を襲い、作物を奪い、魔界の領地を広げていきました。

人間は魔物達の侵攻を止める為、人が持つ知識を、技術を総動員し…それはやがて、長く長く続く戦争を引き起こしたのです。

長い長い戦争で、人間と魔物両方に、数え切れない程多くの…国の為、未来の為、世界の平和の為、などという言葉では片づけられない程の、多過ぎる命が犠牲になり。

人間側の勝利で終わったその戦いは、人類史が始まって以来最悪の戦争として、後の世に語り継がれる事となりました。

…そして、それから四十年余りが過ぎた、人間界の、ある国の、小さな小さな村に、ヒポクリシスと言う男の子がいました。

ヒポクリシスには、強い力も、高度な魔法も、特別な武芸の才能も、何もありません。

ヒポクリシスが持ってるのは、海の様に青い瞳と、誰かを想う心…ただそれだけ。

小さな魔物に会えば腰を抜かし、少しの切り傷で涙を零し。

…だから、なのか。

村では一番の弱虫と、泣き虫と、臆病者と、いつもいつもいつも虐められていました。

そんなヒポクリシスの側には、いつも一人の男の子がいました。

その男の子の名前は、テンペランティア。

テンペランティアは剣士の息子で、いつもいつも、出会ったその日から、ずっとずっと、いじめっ子からヒポクリシスを守っていました。


ある日の事。

二人の村がある国で、年に一度のお祭りが開かれていました。

十六歳になった子供に、国の中央広場にある、石碑に埋まり、錆びついた聖剣を引き抜かせるのです。

勿論それは形式的な物で、実際に引き抜けた人は一人もいません。

十六歳になったヒポクリシスとテンペランティアも、そのお祭りに参加しました。

テンペランティアは、剣を引き抜く事が出来ませんでした。

次は、ヒポクリシスの番。

石碑に埋まった剣を前にし、耳まで真っ赤になったヒポクリシスを見て、広場に集まった者達の数人は小さく笑いました。

あの剣をヒポクリシスが引き抜ける訳がない。

だってヒポクリシスは、村一番の弱虫で、泣き虫で、臆病者なのだから…そんな嘲笑。

ヒポクリシスは一度大きく深呼吸をして、目を閉じ、柄に手を掛け、

「…………………」

ぽつりと、何かを呟きました。

聖剣を引き抜く時、願いを呟く。

そうすれば将来、その願いは叶うと、そんな言い伝えがあるのです。

ヒポクリシスは、剣の柄を握り締め、
思いっきり、ぐっと、力を込めました。

……………………………ずるり。

ヒポクリシスの手に走る、不思議な感覚。

硬い何かから何かが抜けていく様な…そんな感覚。

ずるり、ずるり、ずるり、ずるり………………がちん。

金属が、硬い石に当たる音が聞こえて。
手には、とても重い何かが握られていて。
ヒポクリシスは、そっと目を開きました。
その光景に、ヒポクリシスは…いえ、誰も…ヒポクリシスとテンペランティアを含めた、中央広場にいる全ての人が、一言も、一つの身動きも取れず、静まり返っていました。
…その光景を見ていた人が、ポツリと、静寂を裂いて、呟きます。
「…………………抜けた」
そう。
ヒポクリシスは、
剣を、
今まで、誰一人として抜く事が出来なかった聖剣を、
ヒポクリシスが、
村一番の弱虫で、泣き虫で、臆病者なヒポクリシスが、
…聖剣を、抜いてしまったのです。

…その後、ヒポクリシスとテンペランティアは、城の中にある国王の執務室へと招かれました。

ヒポクリシスの隣にはテンペランティアがいます。

ヒポクリシス一人では心配だからと、近衛兵士に無理を言って、こうして一緒に付いてきてくれたのです。

…やがて、国王が二人の前に姿を現しました。

その纏う気配は、これから何が起きるのかは分かりませんが、まず間違いなく只事ではないと、鈍感なヒポクリシスすら感じ取る事が出来る、そんな気配でした。

「…聖剣を引き抜きし者…名は、なんという？」

「あ、えと、僕はヒポクリシスと言います」

「…そうか…ヒポクリシスか。

…ヒポクリシス。聖剣を引き抜きし、勇者の資格を得た者…そしてその親友であるテンペランティア。

…どうか魔王を、止めて欲しい」

魔王。

魔界を統べ、依然として人を襲う魔物を支配し、いつ戦争が再び勃発してもおかしくない状況を作っている、最悪で災厄、最強で最狂の王。

国王はただの剣士の息子であるテンペランティアと、村一番の弱虫で、泣き虫で、臆病者なヒポクリシスに、

そんな存在を、止めろと命令されたのです。

勇者として。

人類史が始まって以来、誰もなった事がない…御伽噺にしか書かれていない、この世界の救世主として。

「国王っ！　ヒポクリシスには無理ですっ！　あまりにも重責過ぎるっ！

どうかっ！　どうかお考え直し下さいっ！

ほらヒポクリシスっ！　…ヒポクリシスっ!?　何を黙ってるんだっ！」

「…国王。

先程国王は、僕に止めろと仰いました。

…殺せ、ではなく、止めろ、と」

「…うむ。

その聖剣を引き抜いた時、その聖剣を引き抜くに足る願いを願ったお主ならば…

きっと、魔王を止める事が出来る筈だ」

ヒポクリシスが、聖剣を引き抜く時に願った事。

…もしも。

もしも、聖剣がその願いを聞き届けてくれて。

それで、聖剣が力を貸してくれると言ってくれるなら。

…こんな僕にでも、成せる事があるのなら。成すべき事があるのなら。

「………………やります。

魔王を…止めてみせます」

…そうしてヒポクリシスは、ヒポクリシスの一番の友達のテンペランティアと共に、魔王を倒す…いいえ、魔王を止める旅に出たのです。


♪


二人が最初に訪れたのは、本と自然に溢れた国。

二人は魔王の居場所を探す為、千年に一度の天才とも言われる魔法使いの女の子、サピエンティアに会いにきたのです。

その国は自然と共存し、とても美しく、とても知性に満ちた国と聞いていました。

…けれど道には千切れた本のページが散らばり、国を覆う木々も、街の人達も、元気がない様に見えて。

…その理由は、街の人達から教えられました。

この国は、悪い魔女の手によって、人々の心が弱まってしまう病気が広まっている。

そんな噂が、国中に溢れているのです。

二人が出会ったサピエンティアは、部屋に薬と血の匂いが充満する程に、傷だらけで。

屋敷の奥に引き籠り、独りぼっちで本を読んでいました。

「サピエンティアの魔法で、みんなの病気を治す事は出来ないの？」

「…出来るけれど、出来ないわ。

この病気を治す薬草は山の頂上にあって、しかもそこにはあたしでも敵わなかった、すっごく強い魔物がいるんだもの。

…それに、誰も私を必要としていない。

…あたしは、悪い魔女なのだから」

サピエンティアはそれだけ言うと、またすぐに部屋に引き籠り、本を読み始めました。

サピエンティアは、そのあまりにも強大な力と莫大な知識から、ずっとずっと、言われ続けていたのです。

「あいつは、悪い魔女だ」

「あいつが、この国を病気で覆い尽くしたんだ」…と。

…ヒポクリシスは、そんなサピエンティアの手を取って、

「サピエンティアが悪い魔女なんて、そんな事、絶対にない。

だってサピエンティアはこんなにも…こんなにも、頑張り屋さんなんだから」

ヒポクリシスは、気付いていました。

サピエンティアが読んでいた本、その全部が、あらゆる病気を治す為の本だという事に。

サピエンティアにある傷は、かつてその薬草を採りに、何度も何度も、何度も何度も、魔物に挑んだものだという事に。


「一緒に探しに行くよ。サピエンティア」

ヒポクリシスは、サピエンティアの手を取ります。

魔王の情報を聞く、魔王を止める仲間になってもらう、その為だけじゃなくて。

ヒポクリシスは、みんなが治るのなら、その力になれるのなら、サピエンティアに協力したいと、
そう、心の底から思ったのです。

木々の間を抜け、道なき道を進み、三人は薬草のある山の頂上までやって来ました。

そこにはサピエンティアの言う通り、ぐるると唸り声を上げる、大きな熊の魔物がいて。

サピエンティアは即座に杖を向け、強大な威力を誇る魔法を準備し、

「やめるんだ。…ヒポクリシスに、任せよう」

サピエンティアを制止したテンペランティアの視線の先、ヒポクリシスだけは、大きな熊の魔物に近寄って。

「…僕達は、この先にある薬草が欲しいだけなんだ。

君を…君の子供を傷付けたくて、ここに来たんじゃない。

…だからどうか、通して欲しい」

熊の魔物に触れながら、ヒポクリシスは、そう呟いて。

熊の魔物は、ぐるると喉を鳴らしながら、

のそりのそり、ゆっくり、ゆっくりと、道を開けたのでした。


「…あたしの知識は、無駄だったのかな」

ふつふつ、ふつふつと音を立てるフラスコ。

それをかき混ぜながら、サピエンティアは、ぽつりと呟きました。

「…沢山…沢山、知識を得て…悪い魔女って呼ばれても、一人ぼっちになっても、それでもって得た知識は…結局、なんにも役に立たなかった。

…あたしの知識は、無駄だったのかな。

あたしは…あたしの全部は、無駄だったのかな」

ぽつり、ぽつりと呟く言葉。

誰かに届けるつもりのない…けれど、誰かに届いて欲しいと願う、そんな、ささやかな、微かな、叫び声。

側で一緒にフラスコの様子を見ていたヒポクリシスは、少しの間、顔を伏せて、

「…僕には、こんな薬は作れないよ」

ぽつりと、そう、呟きました。

「僕にこんな薬は作れない…うん、間違いない。

さっきちらっと見た治療法も、僕にはてんで理解出来ないものだった。

でもサピエンティアは、これを理解して、しかもそれを作れるんでしょう？

…僕が魔物と話せたのは、運が良かったからなんだ。

運良く…たまたま魔物と話せて、たまたま通してくれた。

もし話も出来なかったら、きっと僕達だって戦っていた。

運が良かった…運が良かっただけなんだ」

そう言ってヒポクリシスは、サピエンティアを、
真っ直ぐ、真っ直ぐ、
何もかもを諦めて、何もかもを投げ捨ててしまいそうな、サピエンティアを。

真っ直ぐ、見つめて。

「けれどサピエンティアの知識は違う。

運任せなんかじゃない、確固たる結果を、こうして作り出す事が出来る。

それは、サピエンティアにしか出来ない事…サピエンティアだから成し遂げる事が出来た事なんだ。

だから、サピエンティアの知識が無駄だなんて事、絶対にない。ある訳ない。

…サピエンティアの知識は、沢山の人を助けられる、どんなものよりも強く、どんなものよりも尊い力なんだ」

「あたしは…あたしは、今の知識だけじゃ、まだまだ足りないって思い知った。…あたし、二人と一緒に、もっともっと知識を得たい。もっともっと知識を得て、二人を助けて、この世界だって助けたいっ！悪い魔女って呼ばれても、一人ぼっちになっても、それでも知識を得続けたのは、この知識で誰かを助ける為なんだって…本当に、本当にそう思うからっ！」

そうして、街のみんなを治したサピエンティアは、ヒポクリシス、テンペランティアと一緒に、旅に出る事にしたのでした。

♪

三人は魔王の元に向かう為、海を越えた国へ、船で向かっていました。

しかしその船が突然、海賊船に襲われてしまったのです。

海賊船の船長であるバートスは、船が積んでいた金銀財宝を全て奪っていき、それらと一緒に、ヒポクリシスが持っていた聖剣も、奪って行ってしまいました。

三人は奪われた聖剣を取り戻す為、バートスの操る海賊船に乗り込み…しかし呆気なく見付かってしまって。

バートスは三人を、自分が根城にしている、地図にも載っていない、海賊達の秘密の島へと、連れて帰ったのでした。


島の最奥。

奪われた金銀財宝の山の、その頂上に、
ゆらゆらと九本の金色の尻尾を揺らす、大きな狐の魔物が、座っていました。

「…金銀財宝では、もう私の腹を満たす事は出来ぬ。聞く所によると、魔王様の命を狙う勇者を捕らえたそうだな…私はその勇者を食べたい。

…逆らえばどうなるか、分かっているな?」

とんとんと前足で持っていた珠を叩く狐の魔物の言葉に、バートスはただただ、沈黙するだけで。

…その珠の中にいる女性が、とても悲しそうな顔で、バートスを見ていたのでした。

「どうして貴方は、こんな事をするのですか？」

「………小僧、よく覚えておけ。

…大切な物を取り戻す為には、何もかもを犠牲にしなきゃいけない時だってあるんだ」

狐の魔物が持っている珠の中には、かつてバートスが愛し、しかし死んでしまった女性の魂が封印されていました。

そして狐の魔物は、その魂と捧げ物があれば、女性を蘇らせる事が出来ると言うのです。

「…バートスさん。もし僕の魂が食べられる事で、その人が本当に蘇るなら、僕は喜んで食べられます。

…でも、バートスさんが愛した人は、そんな事をして…沢山の人から沢山の大切な物を奪って、蘇って…本当に、本当にそれで喜ぶんですか？」

「………きっと、喜びはしないだろうな」

ヒポクリシスの言葉に、バートスはとても…とても悲しそうに、微笑んだのでした。

ヒポクリシスの処刑の日。
ヒポクリシスは鎖に繋がれ、狐の魔物の前へと連れてこられました。
頭の覆いを取り外され、大きな大きな斧を持ったバートスと目が合い、
「…言い遺す事はあるか。勇者ヒポクリシス」
告げられた言葉に、ヒポクリシスは頷いて、
「…僕は勇者です。
いつ何時でも、死ぬ覚悟ぐらい、出来ています。
でもっ！　僕が死んで、誰かが後悔して、苦しんで、悲しむぐらいならっ！
僕は、生き続ける道を選びますっ！　…それが、僕の勇気ですっ！」
バートスは口をぎゅっと真一文字に結び、大きな大きな斧を振り上げて、振り下ろし、
…がちんと。
ヒポクリシスを繋いでいた鎖を、叩き切ったのでした。
「…俺は、誰かの大切な物を奪い続ける事はもう沢山だ。

叶うなら、誰かの大切な物を、守る側に立ちたい。

…そうなってしまったら、きっと俺は、今よりもずっと弱くなってしまうだろう。

情けなくなるだろう。

…そんな俺を、許してくれるか？」

珠の中にいた女性は、ふっと優し気に頬を緩ませて頷いて、ふわりと消えていきました。

「何故…どうして…！」

「…あいつはもう死んだ。…ずっとずっと前に、死んだんだ。

このままじゃ、俺のせいであいつが空の上の綺麗な世界に行けない。

それに…こんな事をいつまでも続けていたら、あいつが悲しむばかりだ。

…ありがとう。今までありがとう。

もう、俺の事は良い。…良いんだよ」

バートスは、気付いていました。

狐の魔物は、バートスが悲しまない様、バートスの愛した女性の魂を保存しておいた事。

その為に、沢山の食料を…金銀財宝に込められた想いを食べていた事。

狐の魔物は、その全てを悟ったのか。

ふっと、満足そうな笑みを浮かべ、その姿を消したのでした。


「ありがとう。

俺はお前の言葉で勇気を貰った。…大切な人と、本当のさようならをする勇気を。

どうか俺を仲間にしてくれ。

今までしてきた事を、償いたいんだ」

そうして奪った全てを持ち主に返したバートスは、ヒポクリシス、テンペランティア、サピエンティアと共に、旅に出たのでした。


♪


魔王の城を目指す四人が次に立ち寄ったのは、世界で一番大きな、孔雀の紋章を持つ国。

…国の人々に、何かに怯えた様な表情が、見て取れた国。

四人は勇者一行として、その国に歓迎される事となりました。

出迎えたのは、この国のお姫様にしてレイピアの達人、イウスティタエ。

イウスティタエは四人に、あるお願いをしました。

この国では三日後に、イウスティタエが王女様になるお祭りが控えていて。

命を狙われている国王を、そのお祭りで守って欲しいと、お願いしたのです。


イウスティタエの父である国王は国民に税金を掛け、隣の国を侵略し、国の力を更に強くしようとしていました。

…その税は、あまりにも重く。

いずれ徴兵される恐怖、重い税を納めなければ処罰される恐怖に、国の民は怯え、震えていたのです。

「…私ではもう、国王を止める事は出来ない。

国王はこの国の為に隣の国を侵略して、更に大きくしようとしている…それを私は、止める事が出来ないんだ」

そう告げるイウスティタエの目は、とても…とても悲しそうな色をしていました。


イウスティタエは、国王が、国の人々が…国の全てが、大好きでした。

だからこそ国王のしようとしている事を、とても許せる訳がなくて。
だからこそ国王が考えて望んでいる事を、否定する事が出来なくて。
イウスティタエは、ずっとずっと、思い悩んでいました。
何が正解なのだろう。
国の為に、みんなの為に、何を選べば良いのだろう…と。

お祭りの前夜、国王はイウスティタエを呼び出し、告げました。
「祭りの後、お前は王女になる。
お前は儂の跡を継ぎ、多くの国を侵略し、この国をもっともっと大きくするのだ。
さすればお前は、一生、何不自由なく生きる事が出来よう。
…儂の最愛の娘。儂がこの世で最も大切な宝よ。
…それが国の為であり、国民の為、そして、お前の為なのだから」

「…助けてくれ。もう私では…私一人では、どうする事も出来ないんだ…」
イウスティタエは泣きながら、そう、ヒポクリシスに打ち明けました。

今自分が置かれている状況を。自分に課せられた選択を。

イウスティタエの顔には、深い深い、疲労の色が見て取れました。

…イウスティタエは、ずっとずっと…国王から話をされるずっと前から、その事について考えていて。

…もう何日も、眠る事が出来ずにいたのです。


ヒポクリシスはイウスティタエの手を取り、ゆっくり、言葉を紡ぎます。

「僕は…僕は、国の力を強くする、というのは、間違いではないと思っています。

…けれど、痛みや苦しみで国の力を強くしても、きっと…きっと、後で酷い目に遭いそうな気がするんです。

…それこそ、奪った分以上に奪われてしまう様な…そんな酷い事が。

…他に、道はあるのだと思いたいです。

イウスティタエ姫の正義も、国王様の正義も、混ざり合って…正義の名の下に誰も傷付かない、王道とも言える道が」

そして、お祭りの当日。

国王がイウスティタエの頭に王冠を乗せようとしたその瞬間、国王の命を狙う一味が、乱入してきて。

ヒポクリシス、テンペランティア、サピエンティア、バートスは、刹那の動きで国王の前に立ち塞がろうとして、けれど、その手は届かず、

傍にいたイウスティタエは、国王を庇い、

…深々と、心臓に、剣を受けたのです。

「何故だッ!?　何故こんな事をしたッ!?」

国王は抱き留めたイウスティタエに、そう告げました。

その口調は荒々しく、しかし、怒りとは別の…普段の国王ならば覗かせる事すらないであろう、恐怖にも似た感情が溢れていて。

「…………貴方を、守りたかったのです」

イウスティタエは、息も絶え絶えに、そう、呟きました。

「大切な…大切な家族だから、貴方を、守りたかったのです。

…貴方を守る事が出来て、本当に…本当に、良かった」

イウスティタエはポケットに忍ばせていた物を…幼い頃、イウスティタエが国王にあげた、国王の絵を国王に渡しました。

『お父さんの様な、沢山の人を守って、助ける事の出来る、正義の味方になる』

その絵には、そう、書かれていたのです。

「私が王女になりたかったのは、国王様の様になりたかったからです。沢山の人を守って、助ける事の出来る、正義の味方の様な、国王様に。…本当に…本当に国民を、大切な人を、守り、助けられるのは、何なのか…どうか……どうか…………お父、様…………………」

イウスティタエは、自分の瞼が閉じていくのを、止める事が出来ず。

…イウスティタエが瞼を閉じる寸前に見た光景は、ぼろぼろ涙を溢し、嗚咽を漏らす、国王の…お父さんの、顔でした。

イウスティタエが目を覚ましたのは、城の中にある、自らの部屋。

イウスティタエが寝かされているのは、いつも使っている羽毛のベッド。

体に伝わるベッドの柔らかい感触や、呼吸する度に香る自室の香草の香り。

ここが死後の世界だとは、到底思えなくて。

…どうして、生きているのだろう。
心臓を、ナイフで一突き。
抜けていく力、消えていく意識。
…あの感覚は、間違いなく、死だった筈なのに。
「起きたか…戻ったか…イウスティタエ…！」
声が、聞こえました。
声の主は、イウスティタエが横になるベッドのすぐ側で、椅子に腰掛けていて。
声の主は、イウスティタエがよく知る人物で。
その人は、最後に見た時よりずっとずっとやつれて見えて。
その人は…国王である、イウスティタエのお父さんで。

「…戦場に向かわせる筈だった全ての癒やし手に治癒を行わせた。
…あと少しでも遅ければ、間に合わなかったそうだ」
国王は弱々しい笑みを浮かべ…しかし、がくんと、項垂れました。
「…これが、我のしていた事なのだな。
民の大切な人を戦場に駆り出し、失わせ…争う他国の大切な人を奪う。

…こんなにも…こんなにも惨い気持ちを、我は、多くの民に味わわせていたのだな」

国王は、ぎゅうと、自分の胸元を握り締めました。

…そこにいたのは、日々戦争ばかりを考えていた国王ではなく。

ただただ、ただただ、最愛の娘を失わずに済んだ喜びと、自らの過ちに苦しむ、一人の人間で。

イウスティタエは、国王の手を…大きくて、ごつごつとしていて、温かい、お父さんの手を、優しく、握ったのでした。


それから、孔雀の紋章を持つ国は、大きく変わっていきました。

戦争の為の税は、多くの他国との友好を築く為の予算になって。

戦争に怯えていた国の人々の顔には、沢山の笑顔が灯りました。

そして、鍛え抜かれ、磨き抜かれた戦いの力は、友好を築いた他国を守る為の力として、分け与えられたのでした。


「私は、もっともっと多くの事を学ばなければならない。

これから、この国を統べる王女になるのだから。

だから私は、みんなと一緒に旅に出る。

みんなと一緒なら、多くの事を学べるから」

そして傷が癒えたイウスティタエは、ヒポクリシス、テンペランティア、サピエンティア、バートスと共に、旅に出たのでした。


♪


魔王の城を目指す五人は、その道中、魔王の手下の、狼の魔物に襲われてしまいました。

かろうじて魔王の手下を退けた五人は、近くにあった教会に助けを求め、教会のシスターであるフィーディは五人を快く歓迎し、手厚く五人を介抱したのでした。

教会の神父は、五人を迎え入れたファーディを、酷く酷く責めました。

「明日の食事にも困っているのに、何故彼等を受け入れたのか」

「見ず知らずの者達に施せる食事も水も寝床もない」

「早く彼等を追い出すんだ」

…しかしフィーディはそれでもかたくなに、五人を追い出す事はしませんでした。

「どうしてだ。どうして私の言う事が聞けないんだ」

「…傷付いた人を、見捨てる事なんて出来ません」

激しく怒る神父に、フィーディは微笑んで答えます。

そんなフィーディに、神父は左手を、大きく振り上げ、

「………明日も早いのだろう？　早く寝なさい」

しかしゆるりと、その左手は下ろされて。

神父は、強く強く、拳を握り締めたのでした。


五人が教会にいる間、毎日の様に狼の魔物の襲撃を受けました。

まるでそれは、勇者である五人がそこにいる事を知っているかの様で。

そこにいる勇者を狩る為に、襲撃をしているかの様で。

…そんなある時、フィーディは、見てしまったのです。

…神父が、大きな狼の魔物に変化していく、その様を。

「………見、タ、ナ」

そう。

神父の正体は、巨大な狼の魔物が人に化けた姿だったのです。

そうして神父だった狼の魔物は、どこかへと去ってしまいました。


「ヒポクリシス様…勇者様。

私は…私は、どうすれば良いのでしょうか？

神父であり私が師とも仰ぐ姿と、本来の狼の魔物の姿…私は、どちらを信じれば良いのでしょうか…？」

「…僕は、神父様の事を深く知りません。

けれど、それでも。

少ししか知らない僕でも、ただただ無意味に、己の欲のままに、神父様がフィーディさんを騙していたとは思えません。

…フィーディさんの心のままに、すれば良いと思います。

もしもそれで、神父様が本当の敵になるのなら…フィーディさんが、そう思ったなら。

めてみせます」

…神父様を信じたフィーディさんの手が神父様の血で染まる前に、僕が神父様を止

教会を、沢山の狼の魔物が取り囲んでいました。

傷もろくに癒えておらず、連日の戦いで疲れ切った五人では、とても追い払う事が出来ない数です。

戦う事も出来ず、逃げる事も出来ず、窮地に立たされた五人の前に、一際大きな狼の魔物がやって来て、沢山の狼の魔物を、攻撃し始め。

全ての狼の魔物を退散させ、酷く傷付いた大きな狼の魔物を、フィーディは教会の中へと避難させました。


大きな狼の魔物が教会の中で治療を受けていると分かって、教会の中は大騒ぎ。

勿論、ヒポクリシス以外、フィーディの手を止めさせようとする人達ばかりでした。

しかしフィーディは、そしてヒポクリシスは、その手を止める事はなく。

フィーディはその大きな狼の魔物を、とても…とても大切に、介抱したのでした。

目を覚ました大きな狼の魔物は、フィーディに全てを話しました。

自分は魔王の命令で、人を襲う為にこの教会にやって来て、この教会で出会った神父の心に、優しさに触れ、人を襲う事をやめた事。

その神父が十年前に死んでしまい、教会にいるみんなを悲しませない様、前の神父に頼まれて、自分が神父のふりをしていた事。

しかし勇者達が教会を訪れる事を察知した魔王に、五人を殺す様に命令された事。

…逆らえば、魔王が放った狼の魔物で、教会にいる子供達を皆殺しにすると脅された事。


「ここにいて下さい。神父様」

俯き、何も言わない大きな狼の魔物に、フィーディはそう告げました。

「私は、皆さんと一緒に、魔王の元へ行く事に決めました。

魔王の所に行って、もうこの教会を襲わない様…もう人を襲わない様、お願いをしに行きます。

…神父様には、それまで、この教会を守って欲しいのです」

「俺は魔物だぞ？　もしかしたら教会のみんなを食べる為に、みんなに嘘を吐いているのかもしれないんだぞ？

…それでもフィーディは、俺を信じてくれるのか？」

「信じます。

…この十年、前の神父様の想いを継いで私達を守ってくれたのは、他ならない、貴方なのですから」

狼の魔物は、何も答える事なく。

けれど、優しく…とても優しく、微笑んで。

そうして神父である大きな狼の魔物に全てを託したフィーディは、ヒポクリシス、テンペランティア、サピエンティア、バートス、イウスティタエと共に、旅に出たのでした。


♪


六人が辿り着いたのは、人の世界の最果てに程近い町。

その町は貧しいながらも活気があり、六人はそこで英気を養っていました。

そして、町で一番有名な飲食店には、踊り子で看板娘の女の子がいました。

名前はアモラ。

ヒポクリシスに一目惚れをしたアモラは、ヒポクリシスに猛アタックをしたのでした。


そんなアモラは、実は魔物だったのです。

アモラは育ての親である、兎の入れ墨を入れた人間のお婆さんの命令で、勇者であるヒポクリシスの命を狙っていました。

アモラは幼い頃に、お父さんとお母さんに捨てられてしまって。

アモラを拾い、育てたお婆さんは、ずっとずっと、アモラを痛め付け、苦しませ、アモラを支配していて。

それでもアモラは、育ててくれたお婆さんの命令を聞き続けているのです。

…たとえどんなに酷い事をされたとしても、大切にしてくれる誰かに、もう二度と、見捨てられない為に。

アモラはヒポクリシスの息の根を止める為、ヒポクリシスが一人の時を狙い、近付いて。

…しかしその企みは、呆気なくヒポクリシスに見破られてしまいました。

「あたしはあんたを殺さなきゃいけないのっ！

そうしなきゃあたしはまた捨てられちゃうっ！　また一人ぼっちになっちゃうっ！

だから…だから…！」

ヒポクリシスは泣きじゃくるアモラを、優しく抱きしめました。

「アモラは独りぼっちじゃないよ。…絶対絶対、独りぼっちじゃない。

だってアモラには、町の人達がいるじゃないか。

アモラには、アモラを大切に思ってくれる人達がいるじゃないか」

「…あんたには分からないよ。

…親に愛情を持って育てられたあんたに、あたしの気持ちなんて、絶対に分からない」

今日もまた、アモラは育ての親のお婆さんに酷い仕打ちを受けていました。

「本当に使えない子だねっ！

あんたは利用価値があるから育ててやっていたんだっ！　使えない子はいらないよっ！」

そう言って、お婆さんはとうとう、アモラを家から追い出してしまったのです。

宛もなく、幽霊の様に町を彷徨うアモラを見付けたヒポクリシスは、自分が泊まっている宿の部屋へとアモラを連れ帰りました。

ヒポクリシスは、なけなしのお金を全て使って、沢山の美味しい物を、温かい飲み物を用意して、

そして精一杯、自分の持てる全ての言葉を使って、アモラを元気付けようとしました。

「…どうして？　…どうしてあんたは、あたしを元気付けようとしてくれるの？　あたしは魔物なのに…あんたの命を狙って、あんたを殺そうとしたのに」

「たとえ人間じゃなくても、たとえ僕の命を狙う魔物でも、困っていたら助けたいし、苦しんでいるなら手を差し伸べたいんだ」

アモラが魔物である事を知った宿屋の主人は、アモラをぎゅっと抱きしめました。

「辛かったね。苦しかったね。痛かったね。悲しかったね。

大丈夫。この町は、この町のみんなは、絶対にあんたの味方だよ」

その言葉の通り、アモラが魔物である事を知った町のみんなは、快くアモラを受け入れたのです。


「…分かんない。

どうして？　どうしてみんなは、私を受け入れてくれるの？」

「それはこれから知っていけば良いんだよ」

ヒポクリシスはそう言って、アモラに笑い掛けました。

アモラはヒポクリシスのその笑みを見て、ほぅっと、頬を赤く染めたのでした。

…それを、お婆さんが見ていた事等、知る由もなく。

「随分勇者と仲良くなった様じゃないかっ！　アモラっ！」

「違うっ！　違うよっ！　ヒポクリシスは勇者じゃなかったよっ！」

「お黙りっ！

良いかいっ!?　今度こそ殺すんだっ！」

「出来ないっ！　出来ないよっ！

だってあたしは…あたしはヒポクリシスの事が…っ！」

「出来ないならあんたを殺して魔王様に報告するだけさっ！

殺されたくなきゃあんたが殺すんだよっ！　そうすりゃまた愛してやるさっ！」


…ヒポクリシスが宿泊している部屋を、アモラが訪れました。

「夜が明ける前に、この町を出て」

「そうすれば、あんた達は絶対に無事だから」

「さようなら」

「ヒポクリシスから貰った幸せを、愛を、ずっと…ずっと、忘れないよ」

アモラは、涙をぽろぽろと零し、微笑みながら、そう呟いたのでした。

殴られ、蹴られ、鞭で打たれ、手足を砕かれ、辛うじて生きているアモラの元へ、ヒポクリシス達が辿り着きました。

アモラをいたぶっていたお婆さんに、ヒポクリシスは詰め寄り、その胸倉を摑み、

「…アモラを解放しろ。この町から出て行け。

…そして、二度とアモラに近付くな」

瞳を血の様に赤くしたヒポクリシスは、強い殺意を…人のものではとても片付けられない、常軌を逸っした強い殺意を向け、お婆さんに、そう、告げたのでした。

「ありがとう。あたしを助けてくれて。

…あたし愛って、痛くて苦しくて、そんな想いをしなきゃ手に入らない物って思ってた。

…でも、ヒポクリシスが教えてくれた愛は、とっても優しくて、とっても温かいの。あたし…あたし、ヒポクリシスが大好きっ！　だからあたしもヒポクリシス達と一緒に行くよっ！」

そうしてアモラは、ヒポクリシス、テンペランティア、サピエンティア、バート

ス、イウスティタエ、フィーディと共に、旅に出る事にしたのでした。

♪

ある所に、力も、勇気も、知識も、才能も、何もかもが恵まれた、一人の男の子がいました。

その男の子には、とても親しい友達がいました。

その友達には、男の子と違って、何も…強い力も、高度な魔法も、特別な才能も、何もありません。

その友達が持っているのは、海の様に青い瞳と、誰かを想う心…誰よりも大きな、優しさだけでした。

だから、なのか。

村では一番の弱虫と、泣き虫と、臆病者と、いつもいつもいじめられていて。

男の子はいつも、その友達を守っていました。

ある時友達は、大きな街のお祭りで、広場に刺さっていた聖剣を引き抜きました。

その聖剣には、この世界の災いを晴らす事が出来るという言い伝えがあって。

男の子がそれを聞いた時、思ったのです。

友達は、勇者になる事はないだろう。

だって友達は、強い力も、高度な魔法も、特別な才能も、何もないのだから。

男の子が守らなければ、友達は、何も出来ないのだから。

…けれど友達は、自らの意志で勇者になると決意して。

そうして、男の子とその友達は、魔王を倒す為の、長い長い旅に出る事となったのです。


男の子と友達は、沢山の国を巡り、沢山の仲間を得ました。

本と自然に溢れた国で出会ったのは、魔法使いの女の子、サピエンティア。

別の国へ向かう途中の大海原で出会ったのは、海賊、バートス。

世界で一番大きな国で出会ったのは、国のお姫様、イウスティタエ。

命を助けてもらった教会で出会ったのは、教会のシスター、フィーディ。

貧しくも賑やかな村で出会ったのは、看板娘の魔物、アモラ。

みんなは力を合わせ、ここ、魔王城のすぐ近くにまで辿り着いたのです。

ヒポクリシスの力になりたいという、想いを持って。

「…僕がいなきゃ何も出来なかったのに。
いつもいつも注目されるのは、お前ばっかりだ。
…そうだろ？　ヒポクリシス」

魔王城の、すぐ近く。
焚き火の火が消され、みんなが眠りに就いた頃。
テンペランティアの枕元に這い寄る、一匹の蛇がいました。
蛇はテンペランティアに、ぽそりぽそりと囁きます。
「お前はいつも勇者の為に戦ってきた。
この旅が始まってから、お前は勇者をずっと守り続けてきた。
しかしこの旅で褒められるのは…感謝されるのは、いつもいつも勇者ばかりだ。

まるでお前等、いないかの様に。
…私だけは、お前を褒めるぞ。感謝するぞ。
辛かったな、苦しかったな。
…よくぞここまで、勇者を連れてきてくれたな。
…私の元に来い。
私は、お前を必要としている」

蛇は次の日も、また次の日も、テンペランティアの枕元で、囁き続けました。
その声を聞き続けていたから…でしょうか。
テンペランティアの表情は、日に日に暗くなっていって。
テンペランティアは、ずっとずっと、思っていたのです。
自分がいなければ、ヒポクリシスがここまで辿り着く事は出来なかったのに。
それなのに、いつも褒められ、いつも感謝されるのは、ヒポクリシスばかり。
蛇の声は、テンペランティアのその想いを、ひしひしと刺激していったのです。
「…さようならだ、ヒポクリシス」
…そうしてテンペラティアは、ヒポクリシスの元を去り、蛇の主の側へ…魔王の側へと、向かったのです。


テンペランティアが魔王の城で与えられた地位は、魔王の側近。

テンペランティアが魔王の城で与えられた武器は、人々を滅ぼす強力な力を秘めた、邪悪な剣。

テンペランティアが魔王の城で与えられた部下は、屈強な蛇の魔物の群れ。

…そうしてテンペランティアは、与えられた全てを使って、勇者達を…ヒポクリシスを倒す事を、決めたのでした。


魔王の城には、スペーロという名の、魔王の娘がいます。

魔王の側近という事もあり、テンペランティアはスペーロと、よく話をしていました。

「…ねぇ、テンペランティア。

貴方はどうして、ヒポクリシスの側にいないの？」

「いる意味がない。

…ヒポクリシスは、僕を必要としていないから」

「…そうなの？

「…本当にそれが理由で…本当にヒポクリシスはそう考えているの？」

…スペーロの言葉に、テンペランティアは、ぎゅっと唇を噛み締めたのでした。

テンペランティアは、ヒポクリシスと戦っていました。

テンペランティアが振るうのは、世界を滅ぼす邪悪な力を秘めた剣。

ヒポクリシスが振るうのは、この世界を災いを晴らす力を秘めた剣。

…しかしヒポクリシスは、その剣を鞘から抜いた事はありませんでした。

この旅が始まってから一度も…今、テンペランティアと戦っている、この瞬間でさえも。

「剣を抜けッ！　ヒポクリシスッ！」

「嫌だよッ！　僕はテンペランティアと戦いたくないッ！」

「なんでだッ！　なんで戦おうとしないッ！」

「どうしてッ!?　どうして戦わなくちゃいけないのッ!?」

「僕は…僕を捨てたお前を倒さなきゃ、前に進めないんだ…ッ！」

テンペランティアの言葉を聞き、ヒポクリシスは、その剣を下げました。

テンペランティアはヒポクリシスの目の前に、剣の切っ先を向けます。

「…僕が、テンペランティアを捨てた？」

「そうだッ！

ヒポクリシスには心強い味方が沢山いるッ！

ヒポクリシスには魔王を止めるという強い意志と、その意志を貫こうという強い思いがあるッ！

ヒポクリシスはもうあの頃の弱虫ヒポクリシスじゃないッ！

そうしたらきっとヒポクリシスは僕なんていらなくなるッ！

だから…だから僕は…ッ！」

「そんな訳ないじゃないかッ！」

ヒポクリシスは、思いっきり叫びました。


「僕がテンペランティアを見捨てるだってッ!?　もういらないだってッ!?

僕がこうして頑張れたのはテンペランティアが僕を守ってくれたからでしょう!?

テンペランティアが側にいてくれたからでしょう!?

テンペランティアがいてくれなかったら、僕は魔王の城の近くはおろか村を出る事だって出来なかったんだッ！

僕がどんなに強くなっても、どんなに仲間が増えても、見捨てるなんて冗談でも考えた事ないよッ！」

ヒポクリシスは聖剣を捨て、テンペランティアをぎゅっと、力強く抱きしめました。

「…お願いだ、テンペランティア。どうか僕と一緒にいて欲しい。

今度は僕も、みんなを…テンペランティアを守れるぐらい、強くなる。

だからテンペランティアも、僕やみんなが困った時、守って欲しいんだ。

テンペランティアの、その力で」

テンペランティアは、ヒポクリシスのその言葉に、長い沈黙の後、こくんと頷いて。

テンペランティアが持っていた、人々を滅ぼす邪悪な力を秘めた剣は、粉々に砕け、灰になって、消えていったのでした。

「よくここまで来たね、勇者ヒポクリシス」

そんな二人の側に、一人の少女が…魔王の娘であるスペーロが、その姿を現しました。

テンペランティア達はヒポクリシスを守る為に、スペーロの前に立ち塞がり、

「そう身構えないで。…私はただ、お兄様の顔を見たくなっただけなのだから」

スペーロはヒポクリシスの元に歩み寄り、その顔を…ヒポクリシスとよく似た、血の様に赤い瞳を細めて笑いました。


♪


かつてこの世界が、まだ穏やかだった頃。

魔王は一人の、人間界の姫を愛しました。

長い触れ合いの末、人間界の姫も魔王を愛し、その愛を実らせ。

魔界も、姫がいた国も、魔王と姫を祝福し。

そうして、一人の男の子が生まれました。

しかし魔界を飢饉が襲い、姫は亡くなり、人間を憎む魔物が増えて、戦争が始まって。

魔王は男の子の命を守る為、禁じられた魔法を使って、遠い未来へと、男の子を送ったのです。

せめてせめて、戦争が終わり、幸せで満たされた世界で生きて欲しいと、そう、祈

りを込めて。

…そうして魔王は、新しい後継者を造る為、自らと同じ肉体の情報を持つ魔物を造り、その魔物をスペーロと名付け、育てたのでした。


♪


ヒポクリシスには、お父さんとお母さんがいません。

ある雪の日に教会に捨てられていた男の子、それが、ヒポクリシスなのです。

…ある時成長したヒポクリシスに、教会のシスター達は、恐怖しました。

そして、ヒポクリシスは、人の言葉を話せない魔物と、楽しげに話をしていて。

ヒポクリシスの本当の瞳は、深い血の様に赤い色をしていて。

…赤い色の瞳は、魔王のみが持つ瞳と、言い伝えられていて。

…教会のシスターはヒポクリシスに魔物と話す事を禁じ、その瞳も、魔法で青色に変えていたのでした。


♪

ヒポクリシス達はアモラがいた、魔王の城に近い町に戻っていました。

…あれから数日、町の宿の一室に、ヒポクリシスはずっと、閉じ籠っていました。

食べ物を食べる事も、水を飲む事も、みんなと話す事もなく…部屋の隅で、毛布にくるまっていたのです。

「僕は、魔王の子供だったんだ」

「僕は、みんなが憎む敵の子供だったんだ」

「ごめんなさい、ごめんなさい」

「みんなの味方のふりをしていて、ごめんなさい」

「勇者じゃなくて、偽物の勇者で、魔王の子供で、ごめんなさい」

…そう、ずっと呟きながら。

そんなヒポクリシスの元を、訪ねる人達がいました。


最初に訪れたのは、サピエンティアでした。

「ヒポクリシスが魔王の息子だって聞いて、正直、ちょっとだけ驚いた」

「でも、よく考えて…いっぱい考えて、思ったの」

「悪い魔女と言われ続けて、それでもどうにかしようって頑張ってもどうにもならなくて、全部諦めて」

「そんなあたしを必要としてくれたのは…この知識の正しい使い方を教えてくれたのは、誰でもない、ヒポクリシスなんだ」

「…あたし、ヒポクリシスに付いてく。あたしの知識を、ヒポクリシスに託すよ」


次にヒポクリシスを訪ねたのは、バートスでした。

「まさかヒポクリシスが魔王の息子だったなんてな」

「…俺はよ、ヒポクリシスから勇気を貰ったから、あいつとさようならが出来たんだ」

「…もしあのままさようならが出来なかったら、俺はずっと、沢山の大切な物を奪い続けていたし…あいつをずっと、悲しませ続けていただろうさ」

「そんな俺に勇気をくれたのは、魔王の息子であるヒポクリシスなんだ」

「ヒポクリシスが俺にくれた勇気、存分にヒポクリシスの為に振るうぜ」


次にヒポクリシスを訪ねたのは、イウスティタエでした。

「ヒポクリシスが魔王の息子、か…事実は小説より奇なり、とはよく言ったものだ」

「…ヒポクリシス、お前は私に正義というものがどういうものか、教えてくれた」

「たとえヒポクリシスが魔王の息子であったとしても、私は、ヒポクリシスが持つ正義を信じている。信じられる」

「…私は…私の正義は、ヒポクリシスと共にある」

「たとえヒポクリシスが魔王の息子であったとしても、私の正義の剣は、ヒポクリシスと共にあり続けるぞ」


次にヒポクリシスを訪ねたのは、フィーディでした。

「…ヒポクリシスが魔王様のご子息なんて…正直、信じられません」

「…でも、そう聞いた時、心の底から、安心したんです」

「ヒポクリシスのお父様が魔王様なら、きっと魔王様も、私の言葉をちゃんと聞いてくれる筈です」

「私は、ヒポクリシスと共に行きます」

「ヒポクリシスが指し示してくれた未来の果てに、私の信じる未来が共にあると信じて」

次にヒポクリシスを訪ねたのは、アモラでした。

「他のみんながどう思ってるか分からないけどさ。あたしは、ヒポクリシスが魔王様の息子で良かったたって思ってる」

「だってさっ！　魔王様の息子って事はヒポクリシスは半分は魔物って事でしょ!?って事はあたしと結婚だって出来るって事じゃんっ！

…って、そういう事言いたいんじゃなくて…」

「あたしに本当の愛を教えてくれたのは、ヒポクリシスなんだよ?」

「…ねぇ、ヒポクリシス。あたしはたとえあなたが世界から見捨てられても、あたしはずっと側にいるよ」

「だってあたしは、ヒポクリシスの事、本当の本当に、大好きなんだから」


次にヒポクリシスを訪ねたのは、テンペランティアでした。

「…ヒポクリシス、覚えてるか?　村で初めてヒポクリシスに会った時の事」

「…あの時からヒポクリシスは、どこか人と違うと思っていた。…だから僕は、ヒポクリシスに嫉妬してしまったんだ」

「…ヒポクリシスは側にいて欲しいと言ってくれた…その言葉が、僕を、みんなの側に引き戻してくれたんだ」

「…僕は、誓おう」

「僕のあらゆる物を節制し、ヒポクリシスの側に…ヒポクリシスの想いの側にい続けると…僕の全てにおいて、誓い続けるよ。ヒポクリシス」


…最後にヒポクリシスを訪れたのは、スペーロでした。

「…お兄様、いつまでそうしているの？」

「…ずっと見てたよ。お兄様の所に、みんなが来るのを」

「…お兄様の為に…魔王の子供であるお兄様の為に、こんなにも沢山の人達が声を掛けに来てくれたんだ」

「…お兄様、いつまでそうしているの？」

「お兄様が聖剣を抜いたのは、こんな結末を迎える為？」

「………立ちなさい。勇者」

「貴方が聖剣に込めた願いを、希望を遂げる為に」

「みんな、本当にありがとう。
…行こう。魔王の城へ」
翌朝。
晴れやかな笑みを浮かべ、覚悟を決めたヒポクリシスは、集まっていたみんなに、
そう、告げて。
そして、彼等は、魔王の城へ足を踏み入れたのでした。
…彼等の旅の終わりは、もう、すぐそこです。

♪

彼等を待ち構えていたのは、無数の魔王軍の魔物と、短刀を構えるスペーロでした。
「褒めてあげる。幾多の試練と幾多の苦難を越え、ここまで来た事を。
…でも、貴方達の物語は、ここでおしまい。
魔王様の願いを、想いを、私達が遂げてみせる」
その声と共に、彼等を、魔王軍の魔物が襲いました。
彼等はその持った武器を、力を、魔物達に向け、次々に一掃していきます。

…しかし一匹とて、死んだ魔物はおらず。

彼等は瞬く間に、誰も傷付けず、全ての魔物を倒したのです。

僅かに微笑むスペーロの短い呪文が終わった後に召喚されたのは、巨大な…あまりにも大き過ぎる、虎の魔物。

「これで本当に終わり…死にたくなかったら、この城から逃げて。

そうしたら、見逃してあげるから」

「僕達は絶対に逃げないッ！」

ヒポクリシスは叫び、鞘に収められたままの聖剣を、虎の魔物に向けて。

「僕達は行くと決めたッ！」

みんなも、それぞれの武器を、虎の魔物に向けて。

「魔王と戦うとッ！　魔王と相対するとッ！

…僕達は魔王とお話をしに来たんだッ！」


ヒポクリシスは、願いました。

聖剣を引き抜いた、あの時に。

「…もうこれ以上、傷付く人も、傷付く魔物もいません様に。

傷付かなくても、みんなが幸せになれる、そんな未来が…いつか、来ます様に」

「僕は誰も傷付けない。誰も死なせない。
それは相手が人間であっても、魔物であっても。
…そしてそれを、僕はみんなにもして欲しいと思う。
勿論、それがどんな苦難か…どれだけの覚悟が必要なのか、充分に分かってる。
…だけど…相手を傷付けて得られる平和なんて、すぐに崩れてしまうから。
…貴方はそれでも、僕と共に来てくれるかい？」
ヒポクリシスは、自分の仲間になってくれる人達に、必ずそう言っていて。
そうしてみんなは、二つ返事で、それを了承したのでした。
だからみんなは、虎の魔物を傷付けない様、戦ったのです。

バートス、イウスティタエ、アモラ、テンペランティアは虎の魔物を足止めし、
サピエンティアは虎の魔物を元居た場所に帰す為の魔法を組み、
フィーディは傷付くみんなに回復魔法を掛け続け、

ヒポクリシスは、短剣を振るうスペーロと対決していました。

「どうして誰も傷付けないの？」

「もう誰も傷付けないと誓ったッ！　もう誰も…誰もッ！」

ヒポクリシスはその全てを退け、スペーロへと詰め寄ります。

「そう…それは素敵で、立派な理想ね。

…でも、その理想に付き合わされているみんなは？」

スペーロが微笑んだ直後、ヒポクリシスは、背後にいるみんなを見ました。

みんなは、倒れていて。

虎の魔物は唸り声をあげ、だらだらと涎を垂らし大口を開け。

ヒポクリシスは、瞬時にみんなの前に立ち塞がって、鞘のままの聖剣を虎の魔物に向け、

「虎の魔物を倒さなきゃ、殺さなきゃ、みんな死んじゃう。

…さぁ、どうするの？　偽物の…偽善の勇者さん？」

虎の魔物に向けた剣先は、がたがたと震えていて。
虎の魔物に向かうヒポクリシスは、涙で顔をぐちゃぐちゃにして。
やっぱり僕は、勇者なんかじゃなかった。
だって、僕のせいで、こんなにも仲間が傷付いているんだもの。
やっぱり僕は、勇者じゃなかったんだ。
僕は、やっぱり、やっぱり、やっぱり、

「諦めるな……ヒポクリシス……ッ！」

後ろから、そう、声が聞こえました。
ヒポクリシスは、ゆっくり、ゆっくり後ろを振り向きました。

「諦めるな…決して…決して諦めるんじゃない…ッ！」

そう声を上げたのは、剣を杖にして立ち上がる、テンペランティアでした。

「ヒポクリシスの想いは何一つ間違ってないよ…ッ！」

サピエンティアは、大きな杖に寄り掛かりながら立ち上がり、

「俺達は…ヒポクリシスが勇者だから付いてきた訳じゃねぇんだよッ！」

バートスは、大斧を支えにして立ち上がり、

「私達は、ヒポクリシスの想いの下に集まったんだ…ッ！」

イウスティタエは、震える手でレイピアを握り締め、

「その想いがあるから、私達は戦えるんです…ッ！」

フィーディは、残された少ない魔力の全てをかき集め、

「というかあたし達まだ全然戦えるし…ッ！」

アモラはぐったりとしながら、にんまりと笑って鞭を鳴らして、

「だから…だから諦めるなッ！　ヒポクリシスッ！」

「心ぽっきり折られてんじゃないわよッ！　ヒポクリシスッ！」

「とっとと泣き止めッ！　シャキッとしろヒポクリシスッ！」

「まだ膝を突くには早いだろうッ！　ヒポクリシスッ！」

「頑張りましょうッ！　ヒポクリシスッ！」

「よっしゃいくよダーリンッ！　…じゃなかったヒポクリシスッ！」
みんなはそう言って、ヒポクリシスに笑い掛けました。

虎の魔物に向けた剣先は、いつの間にか、震えを止めていて。
虎の魔物に向かうヒポクリシスは、涙を拭い、まっすぐ虎の魔物に向かっていて。

聖剣よ。
どうか、僕の声を聞いて欲しい。
僕は、やっぱり勇者なんかじゃない。
どんなに取り繕っても偽物で、半分であったとしても魔王の血を持っていて。
…でも。
偽物だとしても。魔王の血を持っていても。
僕は、今この瞬間だけでも良いから、勇者でありたい。
僕の想いに応えてくれる、みんなの為に。
僕に沢山の想いを託してくれた、みんなの為に。

聖剣よ。
どうか僕に、みんなを救う力を託しておくれ。
人も、魔物も、何もかもを、救う力を。
どうか。
どうか。
どうか。
「どうか…僕に力を…ッ！」

抜かれた聖剣は、その声に答えるかの様に、刀身を光り輝かせ、
それが収まる頃、そこにあったのは、
錆びて朽ち果てた刀身ではなく、
周囲の光景を反射する程に美しい銀色と、淡い光を携えた、本当の…本物の聖剣でした。

ヒポクリシスは聖剣を、みんなへ、背後で立ち上がるみんなへと向けました。

聖剣は温かな光を放ち、みんなの上に、柔らかな光の粒を降り注がせ、触れた瞬間、ふわりと消えていって。

みんなの傷が、次々に癒えていったのです。

そうしてヒポクリシスは、聖剣の切っ先を、虎の魔物に向けて。

虎の魔物は低い唸り声を上げ、一歩、また一歩と、退いていきます。

「…帰ろう。元いた場所へ」

ヒポクリシスは緩やかに聖剣を振り上げ、振り下ろし、
その直後、虎の魔物の足元に魔法陣が生まれて、
虎の魔物は、穏やかな顔で、元にいた場所へと帰っていったのでした。


聖剣を見たスペーロは、驚きに目を見開いていました。

それは、かつて一度だけ、魔王の書斎で見たもの。

それは、持った者の願いを叶える剣。

それは、三つの国を一夜で滅ぼす事の出来る、最強最悪の殺戮兵器。

それは、不治の病を癒し、決定した運命すら書き換える、神が与えた奇跡。

「…正しい人の手に、渡ったんだね」

…スペーロは、どこか安心した様に微笑んで…けれど、それも一瞬の事。

鋭い瞳を、まっすぐにヒポクリシスに向けました。

「魔王様の邪魔はさせない。他にもいくらだって魔物はいるもの…っ！」

スペーロは短剣を振るい、いくつもの新しい魔法陣を生み出して、

…けれど、その全てが、がたがたと揺れていて。

「やめるんだ」

魔法陣の全てが、音を立てて砕け、

「もう、やめるんだ」

一歩、また一歩と、ヒポクリシスはスペーロへと歩み寄り、

「そんな魔法陣じゃ、誰も助けられない」

へたり込むスペーロの目の前に立って。

「そんな魔法陣じゃ、誰も守れない」

勝てない。

たとえこれから何百回、何千回戦おうとも。

…ヒポクリシスに、スペーロは勝てない。

「…………一つだけ、お願いがあるの」

スペーロは顔を上げて、ヒポクリシスを見ました。

「…お願い…魔王様を、殺さないで…！」

スペーロは、ポロポロ、ポロポロ、涙を零しながら、

「魔王様…本当はとても優しいの…！

でも…憎しみが、悪意が、狂気が、魔王様を狂わせてしまった…！」

すがる様に、祈る様に、

「我儘だって分かってる。魔王様がしてきた事もちゃんと理解してる。

でも…でも…お願い…魔王様を殺さないで…！」

…ヒポクリシスは、スペーロを見る事なく、

「…僕は行くよ。…魔王と、話をする為に。

…さようなら。僕のたった一人の妹」

そうしてヒポクリシスは、涙をぽろぽろと流し、

「ありがとう…ありがとう…お兄様…」

そう告げるスペーロを残して、先へと進んだのでした。

♪


辿り着いた先、魔王の城の最奥、玉座の間と言われる場所に、黒い鎧に、黒いマント、動物の骨を頭に被り、気だるげに頬杖を突く、魔王がいました。

「…お前は勇者か、それとも我が息子か」

「…僕は勇者、ヒポクリシス。

魔王、貴方とお話をしに来ました」

魔王の問い掛けに、剣を床に突き刺し、ヒポクリシスは答えます。

「…そうか。それは残念だ」

そう告げる魔王は、ゆるりと立ち上がり、玉座に立て掛けていた、黒い大剣を掴み、

「我が名は魔王、インサニレ。

歓迎しよう、勇者ヒポクリシス。

…しかし、貴様等の物語はここで終幕だ」

赤い…この世にあるどんな赤よりも赤い瞳を、ヒポクリシス達に向けました。

「お願いです、魔王。どうか僕の話を聞いて下さい」

「語る事は何もない。

我の望みは人間の滅びだ。我の望みは憎しみの清算だ。

それが…それだけが、我の望みなのだ」

「魔王よ、どうしてそんなにも、人に敵意を向けるのですか」

「人が我等魔物にした事を忘れたか。人が我等魔物にした仕打ちを忘れたか。

…それでも話す事があると、貴様は言うのか、魔王の血を持つ勇者よ」

「ある」

魔王の殺意を直に受けてもなお、ヒポクリシスは剣を抜かず、しっかりと、魔王を見て。

「僕は…僕達は、貴方達魔物にした事を知らない。

だから、僕達人間が貴方達魔物にした事を、僕達が貴方達に出来る事を、話して欲しいと思うのです」

「貴様等が奪った命の償いが、人間という醜悪で矮小な存在に出来ると思ったか。

貴様等が奪った命を、帰してくれるというのか」

「命は帰らない。

かつてあって、今はなくなった命を、そのまま帰す事なんて、出来る訳がない」

「なら」

郵便はがき

料金受取人払郵便

新宿局承認

3970

差出有効期間
2022年7月
31日まで
（切手不要）

160-8791

141

東京都新宿区新宿1－10－1

(株)文芸社

愛読者カード係 行

お名前《ふりがな》		明治 大正 昭和 平成 年生 歳
ご住所《ふりがな》	□□□-□□□□	性別 男・女
お電話番号	（書籍ご注文の際に必要です）	ご職業
E-mail		
ご購読雑誌（複数可）		ご購読新聞 新聞

最近読んでおもしろかった本や今後、とりあげてほしいテーマをお教えください。

ご自分の研究成果や経験、お考え等を出版してみたいというお気持ちはありますか。

ある　ない　内容・テーマ（　　　）

現在完成した作品をお持ちですか。

ある　ない　ジャンル・原稿量（　　　）

書　名			
お買上書　店	都道　　　　市区 府県　　　　郡	書店名	書店
		ご購入日	年　　月　　日

本書をどこでお知りになりましたか?

1.書店店頭　2.知人にすすめられて　3.インターネット(サイト名　　　　)

4.DMハガキ　5.広告、記事を見て(新聞、雑誌名　　　　)

上の質問に関連して、ご購入の決め手となったのは?

1.タイトル　2.著者　3.内容　4.カバーデザイン　5.帯

その他ご自由にお書きください。

(　　　　)

本書についてのご意見、ご感想をお聞かせください。

①内容について

②カバー、タイトル、帯について

弊社Webサイトからもご意見、ご感想をお寄せいただけます。

ご協力ありがとうございました。

※お寄せいただいたご意見、ご感想は新聞広告等で匿名にて使わせていただくことがあります。

※お客様の個人情報は、小社からの連絡のみに使用します。社外に提供することは一切ありません。

「でも、それでも、話し合えば、これから先に奪われる筈だった命を減らし、なくす事が出来る。

…僕達人間だって、貴方達魔物に奪われた命がある。

奪われた憎しみを憎しみで返すなら、どちらかが滅ぶまで…どちらかを滅び尽くすまで終わらない。

だから、未来で奪われる、失われる命を守る為に、どうか僕達と、話し合ってはくれないか、魔王よ」

「貴様等と話す事はない。

偽善を語る偽物の勇者よ。それを支持する、人間達よ。

我等が憎しみに、我等が狂気に、奪われ、消えていった全てに、その血を、肉を、骨を、命を捧げよ」

魔王は抜いた剣の切っ先を、ヒポクリシスへ向けました。


魔王は瞬きの間にヒポクリシスの目の前に立ち、剣を振り下ろし、ヒポクリシスの剣が魔王の剣を弾き飛ばし、その剣をサピエンティアの魔法が縛り、バートスとイウスティタエが魔王の懐に飛び込んで、斧とレイピアを魔王目掛け振

るい、
魔王は両の手で斧とレイピアを摑み、砕き、アモラの鞭が、魔王の両腕を縛って、背後から魔王の首を狙ってテンペランティアが剣を薙ぎ、
魔王はアモラの鞭を引き千切って、背後を見ずにテンペランティアの頭部を摑み、剣を振り上げるヒポクリシス目掛け、テンペランティアを投げ付け、
バートスとイウスティタエの頭部を摑み、床に叩き付け、魔法で縛られていた剣を摑んで、魔法を引き千切り、
剣先から放たれた黒い雷がアモラとサピエンティアを射貫き、黒い雷を避け切り、懐に入ったヒポクリシスの腹部を蹴って、
回復魔法を掛け続けていたフィーディを、剣を振った衝撃波で吹き飛ばし、
「…この程度か、勇者達よ」
…ほんの、数秒。
それだけで、その場に立つのは、魔王だけになったのです。

勝てない。
「殺意のない貴様等に我が殺せるものか」

勝てる訳がない。

「覚悟のない貴様等に我が殺せるものか」

今まで戦ってきた相手とは次元が違う。

「人間に我が殺せるものか」

本気で魔王は、勇者を、自らの息子を…ヒポクリシスを、

「偽善に狂気が殺せるものか」

殺すつもりで、戦っていました。

「まずは貴様だ」

ぐったりと伸びるヒポクリシスを仰向けに転がし、

「安心しろ。すぐに皆をお前が行った所へ送ってやろう」

魔王は、両手で握り締めた剣の切っ先を、ヒポクリシスの心臓に向け、

「安らかに眠れ、勇者ヒポクリシス」

振り下ろし、
振り下ろし、
振り下ろし、

「待って下さいッ！　魔王様ッ！」

その声に、魔王の剣が、止まりました。

ヒポクリシスは残された力を振り絞り、声のした方を向きました。

そこにいたのは、スペーロで。

泣きながらヒポクリシスの傍に駆け寄り、ヒポクリシスを庇う様に、覆い被さって、

「もうやめて…もうやめて下さいッ！　魔王様ッ！」

スペーロはそう、懇願したのです。

「離れよ、スペーロ」

「いいえッ！　離れませんッ！」

スペーロは、魔王を見つめ、

「魔王様ッ！　以前お話ししていたではないですかッ！

あの剣が…持つ者の願いを叶え、力を与える剣が、善き者の手に渡れば良いとッ！

勇者は…お兄様はその剣に選ばれ、そしてその力を正しく使っていますッ！

人と魔物を傷付ける事なく、魔王様を止める為に死屍累々となりながらもここに辿り着いたのですッ！

そんな者を殺すのですかッ!?

何も話さずッ！　理解しようとすらせずッ！

…あの時微笑んで仰っていた事は嘘だったのですかッ!?」

「知らぬ」

涙ながらのスペーロの言葉を、魔王は一蹴しました。

「そんな話をお前とした覚えはない。

余計な事を抜かすなら、お前も今ここで殺す」

魔王は、剣をスペーロの首に添え、スペーロの首から、一筋の血が流れ。

「私ははっきり覚えていますッ！

もしその剣に選ばれた者が人間の中から現れるのならッ！　その人間が力を正しく、善き事に使うならッ！

叶うなら、その者と話がしたいとッ！

確かにッ！　確かに貴方は仰っていましたッ！」

「知らぬ。知らぬ、知らぬ、知らぬ知らぬ…ッ！」

「思い出してッ！　優しかった頃に戻ってッ！　………………お父様ッ!!」

「黙れ…黙れ黙れ黙れ黙れ黙れ黙れ黙れ黙れぇッ！」

魔王は、狂った様に剣を振り上げ、
ヒポクリシスとスペーロを、斬ろうと、振り下ろし、
その剣は、ヒポクリシスの剣によって、止められました。

魔王も、スペーロも、ヒポクリシスを見ました。

ヒポクリシスの体は、血まみれで。

剣を持つ手も、立つ足も、震えていて。

多過ぎる出血のせいで、見える全ての皮膚に、血の気がなくて。

それでもヒポクリシスは、スペーロを守る為、魔王の剣を受け止めていたのです。


魔王は気付きました。

ヒポクリシスを、温かな光を持つ魔法が包んでいる事に。

その魔法が、ヒポクリシスの傷を僅かながらに回復させていた事に。

その魔法は、ヒポクリシスのずっと後ろ、先程吹き飛ばした勇者の仲間達の方から使われている事に。

その魔法は、サピエンティア、フィーディの知識の粋を集めた魔法で、テンペランティア、バートス、イウスティタエ、アモラの生命力を、ヒポクリシスに分け与えている事に。

何故。

何故人間に、そんな魔法が使える。

人間如きに、命を分け与えるだなんて事、出来る訳がない。

それなのに。それなのに、何故。

何故、この者達には、

「何故、という顔をしているな、魔王」

かつて嫉妬に狂い、しかし節制を掲げたテンペランティアはにんまりと笑い、

「アンタなんかに分かる訳ないでしょ」

かつて怠惰に逃げ、しかし知識を振るったサピエンティアははんと鼻を鳴らして、

「俺らはな、全部をヒポクリシスに託したんだ」

かつて強欲に染まり、しかし勇気を灯したバートスは吠え、

「ヒポクリシスになら全てを…私達の命すら託せるんだ」

かつて傲慢を恐れ、しかし正義を貫いたイウスティタエはまっすぐ魔王を見て、

「ヒポクリシスなら、幸せになった世界を成してくれるんです」

かつて憤怒に傷付き、しかし信仰を捨てなかったフィーディは慈愛に満ちた笑みを向け、

「だから魔王様、とっとと諦めて勇者サイドに来ちゃいなよ」

かつて色欲に溺れ、しかし愛を知ったアモラは、魔王に親指を立てて、

「…お父様、私達だって、人間と同じ罪を犯したのです。…償えるなら、赦されるなら…償いたいし、赦されたいのです」

勇者達に希望を見出した魔王の娘は、魔王にそう告げ、

「僕達は言葉を話せる、言葉が通じる。…この数多の言語が溢れる世界で、それがどれ程の祝福か…僕はそれを今、身を以て感じています」

魔と人の血が流れる偽善の勇者は、魔王に手を指し伸ばし、

「黙れええあああッ！」

魔王は、

城を越え、魔界を越え、
人の住む世界の、隅から隅まで届きそうな絶叫を、上げました。
ゆらり。ゆらり。
頭を抱え、呻く魔王の背後に、
何か影が、揺らめいた様な、気がして。

「…剣よ。人の願いを、祈りを具現する、剣よ。
どうか、どうか、僕の願いを、僕の祈りを、
偽物の勇者の、人と魔の血を宿す勇者の、願いと、祈りを、叶えておくれ。
人と、魔物を、守る為に。
…人も、魔物も、二度と傷付かない為に」
剣は。
目を閉じ、魔と人の血を宿す偽物の勇者の、願いと祈りを聞いた剣は、
一瞬にしてその姿を液体に変え、ヒポクリシスの手を覆い、
ヒポクリシスは魔王の懐に飛び込み、銀色の拳を、願いと祈りを聞き届けた、銀色
の拳を、魔王の腹部に叩き込んで、

「魔王よッ！　話をしようッ！」

♪

昔々の、そのまた昔。
人の世界と魔の世界が、まだ分かたれてはいなかった頃。
魔の世界を統べる魔王は、世界が大好きでした。
魔界の民である魔物を愛し、魔の世界を愛し、人を愛し、人の世界を愛していました。
そんな魔王の下には、志を同じくする魔物や人々が集いました。
魔王を心から愛すると、生涯を共にすると言ってくれた、人間の姫がいました。
魔王は、この世界を少しでも善きものに出来たらと、心の底から願っていました。

ある時、人の世界を、大災厄が襲いました。
食物は枯れ、大地は乾き、あらゆる生き物が死んでいって。
そんな人の世界を目の当たりにした魔王は、自分が出来る最大限の努力をしました。

人に食物を与え、大地の渇きを潤し、傷を癒し、秘伝とも言われた魔法を教えました。

そうして人は、この大災厄を、乗り越える事が出来たのです。


「ありがとう」

「貴方のおかげで、多くの命が助かりました」

「ありがとう」

「本当に、本当にありがとう」

魔王は幸せそうに笑う人々を見て、自分のした事は間違いではなかったと微笑みました。


それから数年後、今度は、魔の世界を、災厄が襲いました。

食物は枯れ、大地は乾き、あらゆる生き物が死んでいって。

魔王は人の世界に…何十、何百、何千という国に、助けを求めました。

「助けてくれ」

「助けてくれ」

「命が次々と消えていく」

「助けたいんだ」

「どうか、どうか、助けてくれ」

…しかし人は、その思いに応える事はありませんでした。

門を閉じ、足蹴にし、石の飛礫を投げる者さえいました。

…そして最後に辿り着いた、人の国の若き王子が手を差し伸べてくれる頃、魔界に住む魔物は、全盛期の四分の一にまで減ったのです。


魔界で最も美しいと言われ、しかし災厄の影響で涸れ果てた湖に作られた墓所。

「何故だ」

その中心に置かれ、この災厄で失われた全ての命の名前を刻み込まれた、巨大なモノリスの前で、

「私達は人の世界を助ける為にあらゆる手を講じた。私達は人の世界を助ける事を躊

躇わなかった」

　肌を凍てつかせ、引き裂く程に冷たい雨の飛礫に打たれる魔王は、

「その行いの仕打ちがこれか。捧げた以上の物を奪う事が正しいと言うのか」

　血を吐く様に、喉を潰す様に、

「神よ。我等が敬い、信ずる神よ」

　飢饉で亡くなり、モノリスに名を刻まれた、最愛の妻の名を撫で、

「何故貴様はッ!!　私達を見捨てたのかッ!!」

　そうして放った絶叫は、誰にも届く事なく。

　シンと静まり返った墓所で魔王は、目を閉じ、

　…そうして開いた目に、かつての光はなく。

「…ならば我等も、人から、神から、奪おう。

　我等が奪われた物を。我等から奪った以上の物を。

　…我が得た憎しみを、絶望を、狂気を…貴様等に、思い知らせてやる」

　………そして優しき魔王は、狂気で満たされた魔王となったのでした。


♪

「………理解したか。勇者よ。
何故我等が人を襲い、人から奪うのか」
魔王の心の中。
魔王の記憶の中。
魔王は膝を突き、絶句するヒポクリシスに、穏やかな口調で、そう告げました。
勇者は、知らなかったのです。
かつて魔界が人の世界を助けてくれた事を。
しかし人の世界は魔界を裏切り、助けなかった事を。
そして人の世界は、魔界に関する全ての歴史を歪めた事を。
勇者は…人は、知らなかったのです。

「これが貴様の知りたがっていた事実だ。
貴様等に最初に話さねばならない事、その全てだ」
身じろぎ一つしない勇者に、魔王は剣の切っ先を向けました。
「…勇者よ。人の総意の代弁者たる者よ。
貴様等は我等を裏切った…深く深く、我等を裏切った。

…その信頼を、貴様は、どう、取り戻すと言うのだ」

勇者は何も言わず、何も言えず、
魔王はふっと、息を吐き、

「…貴様の首を切り落とし、人間の世界に贈るとしよう。さすれば、もう我等に歯向かう者はいなくなろう」

「………そうすれば。

そうすれば貴方は、もう、人を襲わないでいてくれますか？

そうすれば人は、もう、魔物を襲いませんか？」

「我が貴様の首を落とすのは、我等に歯向かう者をなくす為だ。

我が貴様の首を落とすのは、人間に己が無力である事を思い知らせる為だ。

人は自らの無力を知り、二度と魔物や我を襲う事はなくなるだろう…さすれば、人を滅ぼしやすくなるというものだ」

「………それでは、駄目なんです」

「人を滅ぼす事を駄目だと言うのか」

「…たとえ僕の首を落とし、人の世界に曝したとしても、いずれ貴方を打ち滅ぼさんと人がここに来るでしょう。

…かつて貴方に助けられ、しかしそれを忘れて、僕がここに来た様に」

「ならば、たとえ何年、何十年、何百年、何千年掛かろうとも、来る者全てを打ち滅ぼし尽くしてやる」

「…人は貴方が思う程、弱くはない。

これから先、何年、何十年、何百年、何千年掛けても、貴方を殺しに来るでしょう
…今までに殺された人の憎しみを、一身に背負って」

「我は決して負けぬ。…負ける事は、赦されておらぬ」

「…それまでに、人と魔物、合わせてどれだけの命を捧げれば、貴方の背負った憎しみは晴れるのですか？

どれだけの悲しみを、苦しみを、憎しみを、悲劇を積み重ねれば、平和な明日が来るのですか？」

「…それしか…そうする事でしか、我はもう、この憎しみの晴らし方を知らんのだ」

魔王は剣を下げ、がくんと項垂れました。

「…他にもこの憎しみの晴らし方があった気がする。

…だが、もう、分からなくなってしまった」

「…何故？　何故、分からなくなってしまったのですか？」

「…分からぬ。忘れてしまった」
「…魔王様…」
「………勇者よ。我はもう、疲れた。
我はいつまで人間を殺し続ければ良いのだろう。
我の憎しみは、いつになったら、晴れるのだろう」
「…魔王様。僕達人間を、もう一度信じてはくれませんか？」
そう告げたヒポクリシスに、魔王は瞬時に剣を向け、
…しかし、その剣の切っ先を、地につけました。
「…信じて、どうなる。
我等はかつて一度人を信じ、裏切られた。
…だからこそ、この憎しみは晴れぬのだ。
…それに、貴様を信じたとして、人間に裏切られたらどうするつもりだ。
人間とは、人間同士ですら裏切り合う生き物なのだろう？」
「…………そう、ですね。
人は、人をも裏切ります…その仕組みだけは、変えられないのかもしれません。
…でも。
でも、そんな世界を、変えてみせます。

人と魔が調和して、混沌とした世界を、僕が…僕達が、創ってみせます。

それがいつになるのか…そもそもそんな世界が出来るのか、僕には全然分かりません。

たとえそうなったとしても…どんなに心を砕き、理解し合ったとしても、人と魔が争い合うのは、止められないのかもしれません。

でも、その争いを、減らす事は出来る筈なんです。

死が死を呼ぶ争いを、減らす事は出来る筈なんです。

…それに、傷付いて、傷付け合うのは…もう、沢山です…」

ヒポクリシスの瞳から、
赤い、人ならざる瞳から、
涙が一筋、つぅと、流れ落ちて。

「………そうか………。

…私も、もう、疲れた。…もう、沢山だ」

魔王は小さくそう呟き、剣を、鞘に収めました。

「…だが、それでも、和平を築く事は出来ない」

「ッ何故…ッ！」

「…何故なら、私の狂気は、私一人のものではないからだ」

ゆらり、ゆらり。

魔王の背後に、何かが、揺らめいた気がして。

「今まで魔物と人間が奪った、人間と魔物の命…その全ての怨嗟の声が、私を突き動かす狂気の源なのだ」

揺らめいた何かは、次第に形を成し。

「たとえ我を殺したとしても、怨嗟の声は次の宿主を探し、その者を狂わせ、悲劇を演じ続ける。

…怨嗟の声がこの世界に存在する限り、世界に平穏など到底訪れぬ」

…そうしてそれは、赤黒い影となって。

幾重にも幾重にも、何かを求める様に蠢く手。

その手全てに蠢く、無数の、目、目、目。

…その全てが、ヒポクリシスを捉え。

「本当の平和を求めるなら、怨嗟の声と相対せねばならぬ。

…だが怨嗟の声は、我の様に一筋縄ではいかぬぞ。勇者よ」

魔王の声は、届く事なく。

…ヒポクリシスは、怨嗟の声に、飲まれました。

痛い痛い痛い苦しい苦しい苦しい寂しい寂しい寂しいなんでなんでどうして助けてくれなかったどうして見捨てた痛い痛い痛いよ助けて助けて助けてお母さんお父さんどこどこどこにいるのなんで殺した息子を返せ返せ死にたくない死にたくない僕の体はどこ嫌だ嫌だ嫌だ死ね死ねお前が代わりに死ねみんな死んでしまえ殺す殺す憎い憎い憎い復讐してやる復讐してやる復讐してやる救いを救いを下さい助けて下さい殺せ殺せ皆殺しだお前も死ねあいつも死ね悪魔め滅べ滅んでしまえこんな世界滅んでしまえ痛みと憎しみと妬みと悪意と憎悪と悲劇しかない世界なんて滅んでしまえ滅べ滅べシネ死ねしねシネ死ねしねシネシネしね死ね死ね死死死死死しししししししししししししししししししししししししししししししし

「…やはり貴様には、荷が重かったか」
全てが晴れて。
怨嗟の声達が、ヒポクリシスから離れ、
残されたヒポクリシスは、へたりと座り込み、俯いたまま、ピクリともせず、
…急激に、極度の精神的負荷を受けたせいで、髪は真っ白になって。
「…これが、怨嗟の声だ。
失われ、失い、奪われ、奪った者達の、純粋な負の声だ」
再び怨嗟の声を背負う魔王は、どすんと、床に座り込んで。
「…ヒポクリシスよ、我が首を刎ねよ」
魔王の声に、ヒポクリシスは、ぴくんと肩を震わせました。
「…我は何十年とこの怨嗟の声と戦い続けてきた。
しかし、どうする事も出来ず、こうして無様な姿を晒している。
…なれば、この怨嗟の声を道連れに、我は地獄へと落ちよう。
さすれば、この怨嗟の声が、未来を生きる貴様達に干渉する事は出来まい」
魔王は自らの剣を、床に、深く深く突き刺し、首を差し出す様に俯きました。
突き刺した剣を握る手は、大きく震えて。

「…長くはもたん。
怨嗟の声が暴れ回っている…気を抜けば、我の手で貴様を殺しかねん。
…急げ、ヒポクリシス」
その声を最後に、魔王は、何も言わなくなって。

ヒポクリシスは、
拳に纏わりついた聖剣を、剣の姿に変えて、
ゆっくり、ゆっくり、震える体に鞭を打って立ち上がり、
剣先を地面につけ、ずりずり、ずりずり、引きずって、
ヒポクリシスは、
魔王の首を落とす位置に立ち、
聖剣を、重さを利用して振り上げ、
「…躊躇うな。勇者ヒポクリシス。
躊躇った分だけ、貴様等の未来は閉ざされていくぞ」
振り下ろせずにいるヒポクリシスに、魔王は、今までに聞いた事のない程に、優しい声でそう語り掛け。

「…………あ…………」

顔を涙でぐしゃぐしゃにし、

「……ああ……ああああ……」

聖剣の重さに耐えられず腕を振るわせるヒポクリシスは、

「ああッ!!」

絶叫にも、悲鳴にも似た声を上げ、

聖剣を、

不治の病をも癒す事の出来る奇跡を携え、

人も、魔物も、何もかもを、救う力を託された聖剣を、

まっすぐ、魔王の首に振り下ろし、

まっすぐ、

まっすぐ、

まっすぐ、

…………地面に、叩き付けたのでした。

「………………なんの、つもりだ…勇者ヒポクリシス」

魔王は、ヒポクリシスに問い掛けながら、ヒポクリシスの…自らを殺そうとして、
しかし殺さなかった勇者を見て、
その姿に、
その形相に、
息を、飲みました。
地面に刺さった聖剣にもたれながら、
脂汗を垂らしながら、
肩で荒く息をしながら、
顔を悲壮に歪めながら、
ぼろぼろ大粒の涙を流しながら、
それでも。
ヒポクリシスは、それでも。
その赤い瞳に、まっすぐ、凛とした、強い意志を輝かせ、
「…貴方を殺して紡がれる未来は…一人を犠牲にしてそれ以外が生かされる世界は、
きっと、今までと同じです。

…でも、それじゃいけないんです。…それじゃ、今までの悲劇を、今までの惨劇を、繰り返すだけなんです。

それじゃ、駄目なんです。

僕達が作り、導き出さなきゃいけない未来は…人も、魔物も、互いに思い合い、笑い合える未来は、それじゃ駄目なんですッ！」

ヒポクリシスはその瞳を、怨嗟の声に向けました。

ぐらり。

ゆらり。

わずかに怨嗟の声が揺らめくのを、魔王は感じて。

「…怨嗟の声よ、僕の声が聞こえるか」

ゆらり、

「怨嗟の声よ、僕の姿が見えるか」

ゆらり、

「怨嗟の声よ、僕の気配を感じるか」

ゆらり、ゆらり、

「…僕には。

僕には、聞こえるぞ。

お前達の絶える事のない悲哀の声が。
僕には見えるぞ。
お前達の絶望に打ち震える姿が。
僕には感じるぞ。
お前達の肌を切り刻まんばかりの憎悪が」
ゆらゆら、ゆらり、ゆら、ゆらり。
「…お前達は、どうだ。
僕の姿が見えるか、僕の声が聞こえるか、僕の気配を感じるか。
…答えろッ！　怨嗟の声ッ！」
『…………ああ。
私には、聞こえるぞ。
お前の、絶える事のない悲哀を、慰める声が。
私には、見えるぞ。
お前の、絶望に打ち震える身に、差し伸べる手が。
私には、感じるぞ。
お前の、肌を切り刻まんばかりの憎悪を、照らす光明が。
…………………だが、それがどうした』

怨嗟の声は、
瞬きの間に、
一瞬で、
刹那に、
ヒポクリシスの目の前に、立って、
その赤く、鈍く光る、無数のらんらんとした目を、全てヒポクリシスに向け、
『貴様一人の声で全ての怨嗟の声を慰められると思うなッ！
貴様一人の手で全ての怨嗟の声を救えると思うなッ！
貴様一人の光明で全ての怨嗟の声を照らせると思うなッ！
思い上がるな…偽善を担う勇者ッ！　ヒポクリシスッ！』
怨嗟の声から、赤黒い触手が無数に伸び、ヒポクリシスに巻き付き、
巻き付いた触手から、じゅうという音が聞こえ、肉を焼く煙と匂いが漂って。
『熱いかッ!?　痛いかッ!?　苦しいかッ!?
それが私達の身を焼く憎悪と悲哀だッ！』
ヒポクリシスはその熱さに、痛みに顔を歪め、ぎゅっと、目を閉じました。
…けれど、それも一瞬の事。
まっすぐ。

まっすぐ、怨嗟の声に、その赤い目を向けたのです。
わずかに、怨嗟の声の触手が、揺らいだ様に見えて。
…けれど、それも一瞬の事。
怨嗟の声の触手は、さらにさらに、ヒポクリシスの身体に…その忌々しい目を持つ顔を覆う様に、触手を巻き付けて、
ヒポクリシスの肉を、目を焼き、
足掻く為に触手を摑み、振り解こうとしていたヒポクリシスの手が、力を失って。
触手を解くと、ヒポクリシスだった…今はただの焼けた肉の塊になったものが、ぐちゃりと、床に倒れて。
勝った。
思う怨嗟の声の目は、鈍い笑みを浮かべる様に歪んで。
…けれど、それも一瞬の事。
怨嗟の声は、
ヒポクリシスだった…今はただの焼けた肉の塊になったものの赤い目が、まっすぐ自分を射抜いている事に気付いて。
ヒポクリシスは、もう死んでいる筈なのに、
それでも、

それでも、その目だけは、
ヒポクリシスの意志を、確かに残していて。
…不意に、ヒポクリシスに何かが流れ込み、
その何かが、ヒポクリシスの身体を、急速に癒している事に気付きました。
それは背後にいる、動けないヒポクリシスの仲間達から、
世界中の人間から、魔物から、この城にいる魔王から、
…そして、聖剣から流れ込んでくる、生命の欠片。
全ての生命から分け与えられたそれが、ヒポクリシスを、蘇らせようとしているのです。
それはヒポクリシスの焼け爛れた肉を伝い、瞬く間に人の形を成していき、
…その身の全てに不気味な文様を刻んだ、人としての在り方から外れた命として蘇ったヒポクリシスは、一度、大きく深呼吸をして、
震える手足で、立ち上がり、
ずるり、ずるりと、体を引き摺る様に、
怨嗟の声へと、歩み寄って。
怨嗟の声は、一歩、後退りをして。
…怨嗟の声は、恐れたのです。

怨嗟の声が、怨嗟の声として存在し始めてから、初めて、
目の前にあるものを、
さっき自らが焼き尽くした肉を、
けして自分には勝てないだろうと思っていた相手を、
…かつて弱虫と、泣き虫と、臆病者と、いつもいつも虐められていた、偽善の勇者を、
…ヒポクリシスを、怨嗟の声は、恐れたのです。
ずるり、ずるり。
怨嗟の声と、ヒポクリシスの距離は、約十メートル。
『…来るな』
怨嗟の声が絞り出した声は、蚊が鳴く様に、弱々しいもので。
怨嗟の声と、ヒポクリシスの距離は、約七メートル。
『来るな…来るな……』
怨嗟の声は、震え、怯え。
怨嗟の声と、ヒポクリシスの距離は、約三メートル。
もしここで、怨嗟の声が触手を伸ばし、ヒポクリシスを攻撃していたのなら、
そうでなくても、怨嗟の声が諦めて逃げ出していたのなら、

怨嗟の声は勝てたでしょう。逃げ出す事が出来たでしょう。
…しかし、怨嗟の声は、
『来るな…来るな来るな来るな来るな…！』
…何も、出来ませんでした。
怨嗟の声と、ヒポクリシスの距離は、約一メートル。
怨嗟の声は、ぎゅっと目を瞑りました。
…だから、なのでしょう。
ぎゅうと抱きしめられた事の意味が、分からなくて。
「…そっか。
これが、君の…怨嗟の声の、始まりなんだね」
…怨嗟の声が、ようやく目を開けたのは、ヒポクリシスの声が聞こえてから。
…ヒポクリシスは、怨嗟の声を、力強く、抱きしめていたのです。
「…君に焼き尽くされ、死の側に行った時、君の記憶を見たよ。
…女の子がいた。
…君を大切にしていた、君が大好きだった、女の子が。
その子が、ずっとずっと…ずぅーっと昔、人間同士の争いで死んでしまって。
…君はその時に意志を持ち、動き出した。…女の子をそんな目に遭わせた人間達に、復讐する為に」

怨嗟の声は、ヒポクリシスが何を言っているか、分かりませんでした。

…いえ。

怨嗟の声の、ずっとずっとずぅーっと奥底にある何かが、ヒポクリシスの声に呼応する様に、揺らめいていて。

「やがて君は力を得る為に、怨嗟の声を食い続ける存在になってしまった。食い続けて、食い続けて…君は、こんな姿になってしまった」

怨嗟の声は、ヒポクリシスの言葉に、目を見開き、

「…君がなんでこうなったのか、君自身が忘れてしまう程昔のお話だから、覚えていないのも無理はないよね。

…辛かったね、苦しかったね、悲しかったね。

…どんなに強大な精神力を持つ聖人だって耐えられないものを…僅かにあるだけで気が狂ってしまいそうなものを、君は…君はたった一人で、全部、全部、背負っていたんだね。

…よく、頑張ったね」

その両の目から、ぽろぽろと涙を零し。

「…思い出したかい？

君の始まりが、どんな存在だったかを」

…羊のぬいぐるみは。

怨嗟の声の名残を残す、赤い瞳に黒い身体を持つ、羊のぬいぐるみは。

「…だから、なんなんだ。

私の始まりが分かったから、なんだというんだ」

「…君の怨嗟を、少しでも鎮められれば、ちゃんと話を聞いて貰えると思った」

ヒポクリシスは、その目を、羊のぬいぐるみの背から伸びていた触手に…羊のぬいぐるみが拾ってしまった怨嗟の声に、目を向けました。

「…きっと今の僕じゃ、君達の怨嗟の声を完全に癒やす事は、不可能だと思う」

『ならばどうするつもりだ』

『我等を葬り、なかった事にするか』

蠢く声に、ヒポクリシスは微笑み掛けます。

「そんな事はしないよ。

…僕は君達と、話がしたい」

『…話だと？』

『何を話せと言うのだ』

「どうして君達が怨嗟の声になったのかとか、君達が怨嗟の声になる前の事とか。

…話をして、今は無理でも…これから先の未来で君達を癒せるなら、癒したいと思う。
…ああ、一緒に旅をするのも良いね。
旅をして、世界を見て回って、沢山の物を見て、沢山の事を聞いて。
そうして君達を癒せる方法があるなら…それはきっと、素晴らしい事だと思う」
『愚かな事を』
『そんな事で怨嗟の声が途切れるものか』
『そんな事で我等が癒せるものか』
「…分からないよ。
もしかしたら、君達を癒す方法なんて存在しないのかもしれない。
もしかしたら、怨嗟の声はより大きなものになってしまうのかもしれない。
…でも、それでも。
こんなところで閉じ籠って、誰かを手足の様に使って絶望を広げて。
…そんなんじゃ、どうにか出来るものだってどうにも出来ないよ」
怨嗟の声は何も言わずに、ただただ、揺らめいて。
「…お願いだ。
どうかもう苦しむ為に生きないで。悲劇の為に生きないで。絶望の為に生きないで。

…共に、未来に生きて欲しい」

ヒポクリシスはその手を、怨嗟の声に伸ばし、

『…我等は、その手を掴む事は出来ぬ』

怨嗟の声は、

『我等は、怨嗟の声』

穏やかな声で、

『我等は、人と魔物が残した憎悪、悲哀、絶望』

そう告げ、

『…お前のその手は、我等には温か過ぎる』

…ヒポクリシスの手を、拒絶しました。

『お前の手を掴めば、きっと、我等は雪の様に溶けて消えるだろう。…それ程までに、お前の手は温か過ぎるのだ。

しかしそれを、我等は望まぬ。

我等は溶けて消えるのではなく、解けて消えねばならぬ。

そうでなくては、いずれまた、我等の様な存在は、止め処なく生まれるだろう』

ヒポクリシスは伸ばした手を、ぎゅっと握りしめ、そっと下ろし、
唇をきゅっと噛み締め、俯き、

『…貴様が行く未来で、解ける様に消える事が出来るのか、見定めさせてもらう』
その声に、はっと、顔を上げました。
「…僕の言葉を、信じてくれるの？」
『お前を信じる訳ではない。
…ただ。
ただ、初めてだったのだ。
我等を力として、絶望として、悪意として見る者がいても、
お前の様に、手を差し伸べてくれる者は…抱きしめてくれる者は、初めてだったのだ。
…だから、信じてみても良いと思った。
我等に多くの初めてを与えたお前の言葉を、信じてみたいと思った』
ゆらゆら揺らめく怨嗟の声は、次第にその姿を、羊のぬいぐるみの中に消していって。
ヒポクリシスは、咄嗟にその手を伸ばして。
…けれど怨嗟の声は、するりと、その手をすり抜けて。
『…我等の怨嗟を、託したぞ。
この世で最も力強く、最も気高く、最も勇敢で、最も優しい勇者、ヒポクリシス』

それが怨嗟の声の、最期の言葉でした。

♪


「…怨嗟の声は、私の中に、確かに残っている。

…だが、怨嗟の声は、眠りについた様だ。

…解ける様に消える事の出来る、その日まで」

羊のぬいぐるみは、ぽそりと、呟きました。

「…そっか」

「…さあ、勇者ヒポクリシスよ。

お前はまず、何をする？

この世を善きものとする為に。

…偽善の勇者は、まず何をする？」

「………うん、そうだね。

まずはみんなを治癒して…それから、ご飯を食べようか」

「ご飯…だと？」

「うん」

「何を悠長な事を…」

「だって、まずは色々と話さないと。お話をするなら、ご飯の場だって相場が決まってるし」

「何故？」

「…だって、美味しいご飯を食べながらなら、喧嘩する事なんてないでしょ？…魔王様も、君も、勿論僕達の仲間も一緒に」

「…よもやまた、誰かと食事の席を共にする日が来ようとはな。…良かろう。それで？　何を話し合う？」

「そうだね、まずは…魔界と人間界を、どうやって、どんなやり方で繋ぐか…なんてどうだろう？」

「…ああ。美味なる食事の場に、最もふさわしい議題だ。…真なる勇者、ヒポクリシスよ」

「…それじゃあ、行こう。混沌とした…それでも、光の溢れる未来へ」

そうして、永かった…あまりにも永かった勇者の旅は、終わりを告げたのでした。

♪


ヒポクリシスとテンペランティアの国に帰った勇者達一行を待っていたのは、国を挙げての大歓迎でした。

国の至る所に横断幕が張られ、花吹雪が舞い、道行く人は勇者達の雄姿を讃えながら楽器を鳴らし、出店では無数の食べ物が振る舞われ、
それはもうてんやわんやのお祭り騒ぎ。

勇者達も、その祭りに四六時中連れ回され、疲労困憊。

しかしその顔に、一切の曇りはなく。

何故なら。

この国に着いた直後に、様々な事が、多くの事が、進んだからでした。


勇者達と共に国に入った魔王は、最初に王様を見た時に、驚いた様に目を見開き、

ほぅと息をついて、

「…貴方が、この国の王か」

王様は魔王のその言葉に、微笑みを湛えながら、頷きを返して。

「…魔王よ、話をしよう。

これから共に歩む為の、話し合いを」

「…ああ、話をしよう。

かつて、たった一人、我等に手を伸ばしてくれた王子よ」

そうして幾日も掛け、国王と魔王は話し合いを重ね。

そうして、ヒポクリシスとテンペランティアが住む国は、魔界との最初の友好国となったのです。

国王は勇者達に、褒美を与える事にしました。

望む物を、望むだけ。

国王は、勇者達一人ずつに、そう約束しました。

　最初に褒美を与えられたのは、サピエンティアでした。

「私が望むのは、もっともっと沢山の知識です」

「私は今回の旅で、私の知識がどれだけ役に立って、どれだけ役に立たなかったかを、思い知りました」

「だからこそ、私はもっともっと知識が必要なんです」

「未来を、紡ぎ出す為に」

　国王はサピエンティアの言葉に頷き、世界中にあるあらゆる図書館や書庫に出入り出来、あらゆる賢者から知識を得られる証書を、サピエンティアに与えたのでした。


　次に褒美を与えられたのは、バートスでした。

「俺が望むのは、どんな荒波にも負けない大きな船と、それを操れる優秀な船乗りだ」

「これから魔界と交流するなら、貿易だって頻繁に行われる」

「…だが今の人間に、魔界と貿易する勇気なんてない」

「だから俺が先陣を切って行くんだ」

「未来を、切り開く為に」

　国王はバートスの言葉に頷き、荒波や強風の中でも転覆しないとても頑丈な船と、それを操るとても優秀な船乗りを、バートスに与えました。

次に褒美を与えられたのは、イウスティタエでした。

「私は、魔界と人が交わった時に効力を持つ法の整備、その場に同席させてもらいたい」

「今この世界に溢れる人の法では、魔物達を裁く事も、守る事も出来ない」

「…私達の国は、正義を犯した」

「だから、正義を犯したと…正義がどういうものか、その片鱗を理解した私に、それを託して欲しい」

「未来を、守る為に」

国王はイウスティタエの言葉に頷き、いずれ行われる魔王との法を決める話し合いの場の舵を担わせる事を、イウスティタエに約束しました。

次に褒美を与えられたのは、アモラとフィーディでした。

二人が望んだのは、お金でした。

「魔界と人間界の境に、もっともっとお店を作って賑やかにしたいの」

「あたし魔物で、でも人の愛をちゃんと教えてもらって」

「だから、魔物と人の両方の事が分かるあたしは、頑張りたい」

「魔界と人間界の最前線で、頑張りたいんだ」

「未来を、すっごく賑やかにする為に」


「…私は、もっと孤児院を作って、そこに、正しい心を持つ人達を置きたいのです」

「私は、もっと沢山の誰かを助けたい。救いたい」

「でも、それにだって、限界があります」

「誰かを信じ、誰かの絶望に手を差し伸べられる子供達を、育てたいのです」

「未来を、優しさと友愛で満たす為に」

国王はアモラとフィーディの言葉に頷き、それぞれの行いに充分な額の援助を、アモラとフィーディに約束しました。


次に褒美を与えられたのは、テンペランティアでした。

「…私は、この国を出て、魔界で生きます。…その許可を、頂きたいのです」

「…私は、この身にある嫉妬に食われました」

「そこから救い出してくれたのは、ヒポクリシスと、魔王の娘であるスペーロが教えてくれた、自らの心を理解し、制御し、進む力なのです」

「…私は、これから様々な矢面に立つであろうスペーロを支えていきたい」

「未来を、スペーロと共に、生きていきたいのです」

国王はテンペランティアと、傍らに立ち、テンペランティアの手を握るスペーロの姿を見て頷き、テンペランティアを心の底から祝福し、送り出したのでした。


そうして、世界中に散らばった勇者達は、かつてヒポクリシスが描き、宣言した未来へと近付ける為、自らが成すべき事を成していきました。

サピエンティアはありとあらゆる知識を蓄え、それを多くの人間や魔物に教え、未来を担う人材を紡ぎ上げました。

バートスは荒れ狂う海の中から人間界と魔界を繋ぐ航路をいくつも作り出し、未来を切り開く先駆けとなりました。

イウスティタエは未来へと残すべきいくつもの重要な法を整備し、これによって、無数の人間と魔物の安全が約束されました。

アモラは寂れた町をいくつも開拓し、アモラ印の宿屋と言えば、人と魔物が共に肩を組んで酒を酌み交わす宿屋として知らない者はいません。

フィーディが育てた幾百人幾千人の、親を失い、親から捨てられ、絶望しか見る事の出来なかった人と魔物の子供達は、今は様々な場所で善き未来を作る為、奮闘しています。

テンペランティアとスペーロは、魔王の座を正式に継承し、魔界と人間界の矢面に立ち、テンペランティアに似た女の子と、スペーロに似た男の子と共に、忙しなく、しかし幸せな日々を送っています。


そうして。

長い年月を掛け、世界中の人と魔物に伝播し、響き合い、溶け合い、混ざり合って、村では一番の弱虫と、泣き虫と、臆病者と、いつもいつも虐められていた、偽善の勇者が願った願いは、叶えられたのでした。

…これは、世界が今の様になる、ずっとずっと昔の事。

臆病で、怖がりで、泣き虫で、弱虫で…でも、そんな彼だからこそ出来た、…世界を救い、世界を変えた、ある勇者の、御伽噺。


さぁみんな、お話はこれでおしまい。もう寝る時間ですよ。

でもほんとに信じられないよなー、人と魔物の仲が悪かった時があったなんて。

これは御伽噺だものっ！　昔の人が書いた絵空事よっ！

…マザー？　どうして泣いているの？

も、もしかしてどこか痛いのっ!?

…いいえ。ただ少しだけ、嬉しくなったの。

嬉しく？

そう。…未来を生きる貴方達が、そう言ってくれる事が。

人と魔物の仲が悪かったなんて信じられないと言ってくれる、その事が。

…でも、よく知っておいて下さい。

これは確かに、過去にあった事。

人と魔物の仲が悪かったなんて信じられないと言える事は、沢山の奇跡の積み重ねから生まれた事。

…それをどうか、忘れないで下さいね。

はぁーーーーいっ！

…さぁみんな、ベッドに入って。

明日は裏庭に南瓜を植えますから、沢山寝た方が、美味しい南瓜を育てられますよ。

はーいっ！

お休みっ！　マザー・フィーディっ！

はい、お休みなさい。


「勇者ヒポクリシス。そなたの望みは全て叶えよう。

この世界に平和を齎した勇者は、さて、いったい何を望む？」

「…では、しばらくの旅に困らない最低限の食料と、路銀と、馬を二頭、頂けますか？」

「…もしや、旅に出るのか？」

「はい。

ある子と約束しましたし、それに…」

「…それに？」

「僕の様な偽善の勇者でも、きっと、出来る事があります。

…たとえみんながどんなに頑張って、どんなにこの世界が平和になっても、きっと、小さな諍いは絶えないでしょう。

だから。

だから僕が、そんな小さな諍いを、少しでも減らしに行きます。

勇者でなく、怨嗟の声を…数多の人間と魔物の、悪意と、憎悪と、悲哀と、絶望の声を聞き、それを託された、人と魔物の血を引く者として」

「…いつ旅立つのだ？」

「みんなを見送った後、すぐにでも」

「…分かった。

それまでに、準備をしておこう」


…その後の勇者の行方を、正しく語っている書物は、どこにも存在していません。

ただ。

長い歴史の中から漏れ出た勇者の噂の中には、この様に語られているものがあります。

「お嬢ちゃん、どうかしたの？」

「風船が木に引っかかっちゃったの」

「…ああ、あれだね。…よっと。

はい、どうぞ」

「すっ……すごーいっ！　ジャンプってあんなに高い所に飛べるんだーっ！」

「もう手を放しちゃ駄目だよ？」

「はーいっ！」


曰く。

人としての命を燃やし尽くされ、人ならざる悠久の命を与えられた勇者は、

「全く…突然走り出したからびっくりしたぞ…」

「いやぁごめんごめん」

「お前は昔から変わらないな。

困っている人がいれば形振り構わず突っ走る…お前は本当に変わらな…なんだその怪訝そうな目は」

「いや、何と言うか…もう随分と長い事一緒にいるけど、君が女の子だっていうの、なかなか慣れないね…」

「いい加減慣れろ。

それにもともと、私に固定された姿はない。

だがこの世界で生きていくには、あの姿では不都合だからな。

…この姿は、かつて私を大切にしていた…私が大好きだったあの子の姿だ。

私は、この子と共に、未来へ行き、未来を生きたいのだ」

「…そっか」


黒い肌に黒い髪、赤い瞳を持つ少女と共に、

「さて、次はどこに行く？」

「んー…特に考えてないかな」

「ならばとりあえず組合へ行こう。路銀も底を突いているし」

「そんなにぎりぎりなの？」

「向こう一週間三食携帯食一本で良いならこのままでも良いが？」

「うぐ…それは少しきついかも…」

「それに私もまたふぁみりーれすとらんに行きたいからな」

「ほんとに好きだねー」

「あそこのはんばーぐが絶品でな…毎日食っても飽きんのだ」

「…ん、よし、それなら組合に行こうかっ！

ほらムクっ！　早く行くよっ！」

「あっこら待てヒポクリシスっ！　早い早い早い早いっ！」

今でも、どこかで、
誰かを、助けているそうです。

〈了〉

後書き　～But still.～

はじめましての方は、はじめまして。

こんにちはの方は、こんにちは。

黒江うさぎと言います。黒江はくろえと読みます。

色んな所で色んな物語を書いている、どこにでもいる普通の物書きです。

…その、こんな風にちゃんとした後書きを書くなんて初めてです。ちょっと緊張します。

ただ、その、本当に初めてで、何を書けば良いのか迷ってて…。

…えと、では、この物語についてと経緯、そして、この後書きを書いている今について、少しお話させて頂ければと思います。

あ、後書きから読む方もいらっしゃるので、本編については、ほんのり程度しか触れないつもりです。

この物語は、後書きを書いている今から…大体三、四年ぐらい前に、書き上げたものです。

どうして書き上げてから、こんなにも期間が開いているのか。

実はこの物語は、様々な賞に何度も応募して、落選して、推敲を重ね、また公募に提出するを繰り返した物語なのです。

じゃあどうしてそんな、〝誰にも認められないもの〟を出版したの？　というお話ですよね。

…この物語は、あらゆる意味で、私にとって、大切な物語なのです。

完成形に至るまでに推敲を重ねた時間、使用した知識や技術…そして何より、この物語に込めた想い。

私の今あるもの、その全てを注いで生まれたのが、この物語なのです。

いつかどこかで、「作品は自分の子供の様なものである」、という言葉を、聞いた事があります。

それはあながち間違いではないと、私は思います。

書き手の私の…親のエゴはないのか、と聞かれれば、無いとは言えませんが。

それでも、私の子供が世に羽ばたくと感涙出来るぐらいには、愛情を持って接してきたつもりです。

…今の私では、あらゆる点において、この物語を超える…どころか、この物語に匹敵する物語を書く事は出来ないでしょう。

精進が足りない、と言われればそれまでですが…それ程までに、この物語は、私にとって特別なのです。

だから私は、こうして、この物語を、世に出そうと、出したいと思ったのです。

勿論この物語を、こうして文芸社さんから発刊させて頂くきっかけになったのも、文芸社さんが開催されているコンテストです。

文芸社さんのあるコンテストに応募して、落選して、いよいよどうにもならなくなって、もう小説公開サイトに投稿しようと思って準備をしていた矢先の事でした。

文芸社さんから、「自費出版で発刊されてはどうか？」と、ご提案を頂いたのです。

そのご提案に、私は、「とにもかくにも、資料を見せて頂きたい」とお返事をさせて頂きました。

…えと、文芸社さんから発刊される本でこんな事を言うのはどうかと自分でも思いますが…最初はその提案に、乗るつもりはありませんでした。

戦慄してしまう程高額な費用、ネットでよく聞く悪い噂、この物語を本として公開した場合に発生するであろう途方もないデメリット。

そもそもにして、自身の物語を本として流通させるには小説賞受賞が絶対条件、自費出版での発刊は世間に良い目で見られる事はないだろうという偏見がありました。

だけど、それでも。

高額な費用を払っても、悪い噂を聞いても、デメリットを考慮しても、この物語を世に出す、その意義が、意味が、甲斐があると、そう思ったのです。

事実、荒技ではありますが費用はどうにか出来ましたし、文芸社さんの方々もとても親身に対応して下さいました。

ちなみにデメリットからは目を逸らしています。

内容が良ければ良い評価を貰えるでしょう、悪ければ叩かれるか無視されるでしょう。

どちらに転んでも良い様、ある程度の覚悟は出来ています。

…そうして、色々とあって、私は今こうして、後書きを書いている、という訳です。

この後書きを書いている二〇二一年六月の日本は、永い厄災に、ほんの僅かな、ほんの微かな、か細く瞬く一筋の光が差し込んだ月。

…その、あまり思い出したくはない方もいらっしゃるかと思うので、詳細を書くのは差し控えますが、あまりにも…あまりにも、残酷過ぎる日々でした。

この本が発刊されているのが、予定では今から五ヶ月後の十一月とお聞きしています。

その頃にはこの厄災が収束している事を、切に切に、祈ります。

そんな渦中で、どんな物語が人気があるのか、その傾向を、私も目にする事があります。

…そういった傾向で見るのなら、私が書いたこの物語はきっと…少なくとも、今の世の中には求められていない代物という事なのでしょう。

この物語は、知識を、勇気を、正義を、信仰を、愛を、節制を、希望を…そして善意を尊び、平和を、親愛を、他者を想う素晴らしさを、声高らかに謳い上げる、そんな物語なのですから。

今の世の中は、世間は、世界は、人は、きっと、そんな物語を、求めてはいないのでしょうから。

だから私は、
貴方が、私が想いを込めて書き、だけどそれでもと選んで、こうして世に羽ばたいた物語に目を向けて、この本を手に取って、
こうして読んで下さった事が、嬉しいのです。
何物にも代え難い程、何事にも代え難い程、
如何なる金銀財宝を与えられる事よりも、どんなに高名な名誉を与えられる事よりも、
その事が、ただただ、どうしようもなく、嬉しいのです。

…えと、後書きってこんな感じ…なんでしょうか？

この後書きを書くにあたって色んな方の後書きを読んだのですが…ザ・その人！みたいな感じで、やっぱり自身の個性は大切だなと思い、個性たっぷりな後書きになりました。

「個性ってなんだっけ？」と悩んで、後書きの期限ギリギリになってしまった事は内緒です。

物語を読んでからこの後書きを読んで下さった方には、この後書きが素敵な余韻となります様に。

この後書きを読んでから物語を読んで下さる方には、この後書きが私の人となりを、そして物語の意味を知る参考になります様に。

…さて、これで、この後書きは閉幕となります。

最後に、謝辞を。

最後で謝辞なので、ちょっとテンション高めに行きます！

いつも執筆の時にお世話になっている喫茶店さんへ。

安いメニューばかりなのに嫌な顔一つせず対応して下さって、本当にありがとうございます！

ケーキセットをいつも頼めるぐらいになる様、精進していきます！


私にお声を掛けて下さった文芸社のOさんへ。

私を見つけて下さって、本当にありがとうございます！

貴方がいて下さったから、今私はこうして、歓喜を持って後書きを書く事が出来ています！


私の編集制作担当になって下さった文芸社のTさんへ。

この後書きを書いている段階ではまだ物語が出来ていませんが、こんな私を目に掛けて下さって、本当にありがとうございます！

世界で一番素敵な本になる様、私も、精一杯頑張ります！

私の周りのみんなへ。

小説を書いている事を、笑う事も、馬鹿にする事もせず、応援して下さって、本当にありがとうございます！

ようやっとみんなの応援に、胸を張ってお話し出来る様になりました！


私の家族へ。

みんながいたから、支えてくれたから、私、書く事が出来たよ！　本を出せたよ！

本当に…本当に、ありがとう…っ！

そして最後に、こうして読んで下さった貴方へ、幾千、幾万の言葉では語り尽くせない程の謝辞と、心からの最敬礼を！
重ね重ねではありますが、本当に、本当に、本当に、ありがとうございます！

それでは、またいつか、こうしてお会い出来るその日まで！

二〇二一年　六月九日
　いつもの喫茶店にて、Ｋａｌａｆｉｎａ「光の旋律」を聴きながら

著者プロフィール

黒江 うさぎ（くろえ うさぎ）

東京都台東区在住。
今作が初めての書籍となる。
「こんにちは。黒江うさぎと言います。
思い想いに、書きたい事を。
Et arma et verba Vulnerant.
決して忘れる事できず。
明日を往く者へ、祝福となります様に」

弱虫勇者の御伽噺

2021年11月15日　初版第１刷発行

著　者　黒江 うさぎ
発行者　瓜谷 綱延
発行所　株式会社文芸社
〒160-0022　東京都新宿区新宿1－10－1
電話　03-5369-3060（代表）
03-5369-2299（販売）

印　刷　株式会社文芸社
製本所　株式会社MOTOMURA

ISBN978-4-286-23096-2